소년기
少年記

소년기 少年記

초판 1쇄 인쇄	2017년 12월 29일
개정판 1쇄 인쇄	2024년 7월 7일
개정판 1쇄 발행	2024년 7월 17일

지은이	안채윤
책임편집	안채윤
디자인	달밤고래
표지사진	마고

펴낸곳	도서출판 안김
출판사등록	제2023-000012호
이메일	annkim_books@naver.com
인스타그램	@annkim_books

ISBN	979-11-977609-5-2 03810

Copyright ⓒ 안채윤 2024

少年記

소년기

안채윤 장편소설

도서출판 안김

모두의
소년기에
바치는
헌사

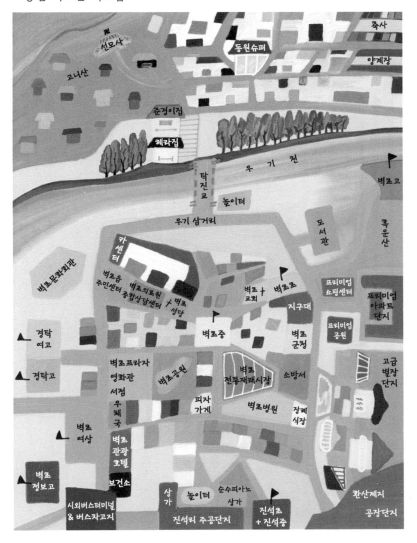

차례

봄

春

산다는 것은 뭘까?
뭘 어떻게 해야 하는 걸까?

그냥 이렇게 침대에 누워서
아무것도 하지 않고
숨만 쉬고 있어도
사는 거라고 말할 수 있을까?

나는 곧잘 죽고 싶어졌다.

　대한민국을 구성하고 있는 쓸모없는 청소년 중 한자리를 맡아 살면서 과연 나는 살아가고 있는 것인가 죽어가고 있는 것인가를 고뇌하다 결국, 죽어가고 있는 거란 결론에 도달했던 열다섯 무렵부터 그랬다.

　사실 그렇지 않나? 인간은, 아니 모든 생명체는 홀로 숨 쉬는 법을 깨치는 순간부터 줄곧 죽음만을 향해 달려간다. 스티브 잡스도 그랬고, 제임스 딘도 그랬고, 마이클 잭슨도 그랬다. 아무리 돈이 많고 얼굴이 잘생기고 재능이 뛰어나도 결말은 모두 죽음이었다. 거부할 수도 피할 수도 없다. 자연의 설계도가 그러하므로. 그토록 불로장생을 꿈꿨던 진시황도 결국엔 죽지 않았던가. 그렇기에 우린, 살아가고 있는 것이 아니라 하루의 시간만큼 정직하게 죽어가고 있는 것이다. 이걸 축복이자 신의 선물이라 여기는 것에 대해 나는 좀처럼 이해할 수가 없었다. 그저, 생명을 가진 무언가로 세상에 태어난다는 것은 슬픈 일이 아닐 수 없다고 여길 뿐이었다. 결국 다 부질없어질 것들을 위해 숨 쉬는 내내 '열심히'와 '최선'을 강요받아야 하는 현실이라니. 그건 너무도 가혹한 일이었다. 애초에 국제표준법을 적용한 수나 단위를 나타내는 단어도 아니고 지극히 주관적이며 상대적으로 모호하기 짝이 없는 저 단어들을 이용해, 마치 열심히 최선만 다하면 뭐라도 건질 수 있을 것처럼 헛된 희망을 조장하는 이 사회의 분위기도 마음에 안 들었다. 꼬박 20년을, 새벽부터 늦은 밤까지 열심히 최선을 다해 슈퍼를 운영하고도 방 세 칸짜리 신축 아파트 하나를 갖지 못하는 내 부모님 인생만 봐도 답이 나오는데. 호구처럼 속아주는 것도 한두 번이지. 이런 대국민 사기가 판을 치는 세상에서 왜 이렇게까지 아등바등 살아야만 하는 걸까?라는 생각에 접어들 때마다 나는 죽고 싶어졌다. 그리곤 전에 비해 부쩍 우울해지고 자주 화가 났으며 시시때때로 방문을 걸어 잠그고 이유 없이 울기를 반복했다. 이런 나를 두고 어른들은 함부로 중2병이란 진단을 내렸었다.

"그러니까 이런 증상이 처음 시작된 건 3년 전부터라고 볼수 있겠구나?"

포마드로 머리를 반질나게 넘긴 귀티 나는 의사가 메탈 소재의 고급 볼펜을 딸깍거리며 물었다. 학교 앞 문구점에 깔린, 똥이나 싸대는 300원짜리 볼펜하고는 근본부터가 다른.

"무슨 증상이요?"

"네가 지금 겪고 있는 모든 것들. 그러니까 사람은 죽어가는 존재라는 생각과 함께, 사는 데 의욕도 없어지고 온몸에 힘이 다 빠진 듯이 무기력해지고 자주 우울해졌다가 화도 났다가 하는 증상들 말야."

의사는 나의 이론과 개념을 증상이라고 표현하고 있었다.

"준경아, 선생님은 준경이 충분히 이해해! 준경이 마음도 다 알아. 선생님도 준경이 나이를 겪었고, 준경이랑 비슷한 환자들도 많이 치료해 봤거든?"

의사는 본격적으로 나를 환자라 칭하며 되지도 않는 소리를 늘어놓기 시작한다.

"열넷 열다섯 그즈음에 사춘기가 시작되면서 유독 예민하게 변하는 친구들이 있어요. 너처럼. 괜한 잡생각으로 머리가 복잡해지기도 하고 세상이 막 나를 미워하는 기분에 사로잡

히기도 하고 내가 쓸모없는 사람처럼 여겨지기도 하고. 원래 다 그래. 네 나이가 다 그럴 때야. 어설픈 염세주의나 허무주의에 심취할 때지. 절대 이상한 일이 아니거든? 선생님은 다 알아요… 그래서 자살 시도는 이번이 처음이었니?"

모든 건 우연이었다.

죽어가는 삶에 괴로워하면서도 그 삶을 위해 뭔가를 해볼 생각까지는 정작 못하고 있을 즈음. '베테랑급 바보라고 말하는 것보다…'로 시작해 '기억해주길, 점차 희미하게 소멸되는 것보다 한순간에 타버리는 쪽이 훨씬 낫다는 것을'로 마무리되는 한 장의 유서를 보게 되었다. 하루하루 소멸되어 가는 삶에 깊은 회의를 느끼고 있던 나에게, 한순간 타버리는 쪽을 추천해 준 유서의 주인은 내가 태어나기도 전, 20세기의 한 시절을 풍미한 록그룹 너바나의 리더이자 젊은 세대의 저항 정신을 담은 주옥같은 노래들을 남기고 스물일곱에 엽총으로 자살하면서 전설이 된 그 이름. 커트 코베인이라고 했다.

자살. 스스로가 주체가 되어 인생의 마지막 순간을 결정하는 것.

그래! 나도 자살을 해야겠다.

곱씹어볼수록 멋진 생각이었다. 왜 진즉에 이 생각을 하지 못했을까 싶을 만큼. 고작해야 단백질 덩어리에 불과했던 것에게 제멋대로 생명을 부여해 세상에 던져놓고 필요 이상의 의무와 책임을 짊어지게 한 뒤, 다시 저 꼴리는 대로 생명을 거둬들이는 무례한 조물주를 향한 일종의 복수이자 반역인 그것은. 인간으로 태어나 의지를 갖고 할 수 있는 가장 의미 있고 용감한 선택임이 분명해 보였다. 내 인생에 이보다 더 완벽한 결말은 없다는 생각이 드는 순간 나는 곧바로 실행에 옮겼다. 시간을 끌 필요가 전혀 없는 일이었으니까. 물론 죽는 방법을 두고 잠깐의 고민은 있었다. 집안 어딘가에 목을 매자니 지어진 지 60년도 더 된 늙은 대들보가 68킬로그램짜리 체구를 버티지 못할 것 같았고, 칼로 동맥을 끊자니 손톱을 깎다가 실수로 잘라낸 살점에서 핏물만 맺혀도 기절할 듯 호들갑을 떠는 성격이 동맥은 근처도 못 가 포기할 것이 뻔했고, 강으로 뛰어들자니 인간의 본능이 무의식중에도 헤엄을 칠 것만 같았다. 고통을 느낄 새도 본능과 싸울 새도 없이 조용히 잠들 수 있는 방법을 생각하다 찾은 것은 바로 번개탄이었다. 밀폐된 공간에서 피워놓고 소주 몇 잔의 힘을 빌려 잠들기만 하면 되는 간단한 방법인 데다, 슈퍼 집 아들 입장에서 번개탄은 라면만큼이나 구하기 쉬운 것이었으므로.

"준경이 생활기록부를 보면 딱히 우려가 될 만한 사항은 없어 보이는데? 음… 친구들하고 관계도 괜찮았다고 나오고… 크게 문제를 일으키는 학생도 아니었다고 나오는데 왜 그랬을까… 얼굴 보면 인기도 꽤 많았을 것 같은데, 아니야? 남학교라 잘 모르려나? 그… 저기… 저 누구지? 그… 저… 잘 생긴 바둑기사 있잖아 왜? 혜리랑 결혼한… 아 그래! 최택! 최택이랑 닮았다는 소리 들어본 적 없어?"

"…박보검을요? 제가요??"

생뚱맞기가 이루 말할 수가 없다. 박보검이 누군지나 알고 저러는 걸까?

"아니아니 최택! 박보검은 누구야?"

"그러니까 박보검이요. 최택은 드라마 속 이름이잖아요. 최택을 연기한 배우가 박보검이구요."

"아, 그래? 최택이 이름이 아니었어? 난 또… 혜리가 최택이란 바둑기사랑 결혼했다는 줄 알았네… 어쩐지 시집가긴 너무 어린데 싶었다. 하하하! 내가 연예뉴스를 헤드라인으로만 봐서. 하하하!"

드라마와 실제 상황을 구분 못하는 정신과 의사라니. 번개탄에 불을 붙이기 전에 방문을 한 번만 더 확인했었더라면.

"근데 성적은 좀 많이 안 좋구나? 스트레스가 심했겠어. 그렇지?"

민들레 꽃씨 정도나 날릴 법한 바람에도 사시나무처럼 요란하게 떨던 낡은 창틀을 한 번만 더 확인했었더라면.

"쌍둥이 형이 하나 있네? 이야~~ 형은 공부를 잘했구나? 전교 10등을 벗어난 적이 없는 걸 보니 비교 많이 당했겠는걸? 그런 게 또 소외감이나 열등감으로 이어질 수가 있거든."

이딴 말 같지도 않은 소리를 상담이랍시고 늘어놓는 의사 양반과 마주할 일은 없었을 텐데.

"선생님은 꼭 자살에도 조건이 필요하단 듯이 말씀하시네요?"

예상치 못한 일격이었는지 의사는 미간에 내 천川자를 깊게 그리며 고개를 오른쪽으로 15도 정도 기울였다. 그리고 돌아오는 2초 느린 대답. 응?

"그렇잖아요. 물어보시는 내용들이 전부. 학교에서 문제는 없었는지, 성적 스트레스는 없었는지, 가족들 간에 불화나 차별은 없었는지. 마치 그런 조건들이 충족되지 않고는 자살하면 안 된다는 듯이요."

"아…무래도… 준…경이 또래의 청소년 자살자들이 대체적으로 그런 이유에서들 자살을 선택하는 경우가 대부분이다 보니까 통계적으로 볼 때…"

"왜 모든 아이들을 통계의 범주 안에서만 해석하려고 하세요?"

나는 부쩍 당황해하는 의사의 말을 잘라먹었다. 꽤나 동안이었던 그의 얼굴 탓에 딱히 대든다는 기분은 들지 않았다.

"그 통계는 얼마나 정확한 건데요? 모든 아이들이 저는 이러이러한 사유로 인해 먼저 갑니다,라고 남기고 떠나는 것도 아니고. 말도 없이 그냥 죽은 애들의 사유는 어떻게 확인하시죠? 뭐, 저승길 문턱까지 쫓아가서 요단강 건너려는 영혼 붙잡고 너 왜 죽었니 물어보고 오시나? 제가 자살에 성공했더라면 제 사유는 뭐라고 하셨을 건데요? 성적 스트레스? 공부 잘하는 형으로부터 오는 열등감과 패배감? 그로 인한 우울증? 쳇. 선생님. 성적 스트레스, 가정불화, 교우 문제 이런 거 말고도요. 우린 훨씬 다양한 이유들에서 죽고 싶어져요. 사랑 때문에 죽고 싶어질 수도 있구요. 돈 때문에 죽고 싶어질 수도 있어요. 이유 없이 그냥 죽고 싶은 애들도 많구요. 하다못해 '죽는 건 어떤 기분일까?' 하는 호기심으로 죽어버리는 애들도 있어요. 사는 게 힘들어서 죽는 애들도 있지만요. 사는 게 귀찮아서 죽는 애들도 있다구요. 우리는요. 어른들이 상상하시는 거 그 이상으로 죽고 싶어 해요. 저는 단지, 희미하게 소멸되는 삶보다 한순간에 타버리는 삶이 더 멋져 보였을 뿐이구요. 보이지 않는 무언가가 내 위에서 운명이니 뭐니 해가며 인생을 조종하고 내 위에 군림하는 것 같은 이 불쾌한 기분에서 하루빨리 벗어나고 싶었을 뿐인 거라구요. 그게 잘못된 건 아니잖아요? 그냥 저 같은 애도 있는 거죠."

의사의 미간에 내 천자가 한층 더 깊어졌다. 날 전혀 이해하지 못하고 있다는 뜻이다. 정확히는 대체 이건 뭐 하는 새끼지? 하는 얼굴.

"보세요. 선생님은 제가 무슨 말을 하는지 전혀 이해 못하고 계시잖아요. 근데 무슨 상담을 하겠대요? 선생님이 단순히 제 나이를 지나오셨다는 거만으로는 저를 온전히 이해하실 수 없어요. 다른 아이들도 마찬가지일 거구요. 이유는 간단해요. 선생님과 저는 같은 나이를 전혀 다른 세상에서 전혀 다른 방식으로 지났을 테니까요. 한마디로 선생님의 상담이 저한테는 아무런 도움이 안 되고 있다는 말을 하고 있는 거예요."

침묵의 공기가 의사와 나 사이를 무겁게 가르며 흘러갔다. 난 더 이상 할 말이 없었고 의사는 나에게 무슨 말을 해야 할지 전혀 갈피를 못 잡는 눈치였다. 난 등등한 얼굴로 그를 보고는 있었지만 사실 속으론 저 사슴 같은 양반이 혹여 울기라도 하면 어쩌나 하는 걱정으로 차오르고 있었다. 이 숨 막히는 상황을 만든 장본인 입장에서 수습에 대한 일말의 책임감이 솟구치던 찰나,

"이야~~ 준경이는 말을 굉장히 잘하는 아이였구나? 이제 보니까 공부를 못하는 게 아니라 안 하는 거였네~~ 이야~~ 선생님 준경이 말솜씨에 감탄했어 진짜! 대단한데?"

하면서 엄지를 척 들어 올리는 의사. 차라리 배우를 하지 싶은 연기력이다. 왜 소아청소년 정신과 전문의가 되었을까? 딱히 적성에 맞는 것 같지도 않은데.

"끝났어? 어땠어?"

상담실 문을 열고 나오기가 무섭게 얼굴을 들이미는 이 아이. 나를 이런 말도 안 되는 상담실로 집어넣은 인물이자 내가 아주 가끔씩만 형이라고 부르는. 고작 33초 먼저 나왔다는 이

유로 슈퍼 집 장남이 된 나의 이란성 쌍둥이 준희다.

내가 번개탄에 불을 붙이던 날. 하필이면 아르바이트 하던 피자가게가 정전이 되는 바람에 조기 퇴근을 하면서 예기치 않게 나를 발견하고 결과적으로는 나의 자살을 미수에 그치게 만든 장본인.

"뭘 물어? 뻔하지. 돌팔이야."

"그럴 리가! 서울대 나왔다는데? 학위도 몇 개나 있댔어."

"그러니까! 사는 내내 책상머리에 붙어서 공부만 하고 1등만 했을 사람이 나 같은 애들 심리를 어떻게 안다고 상담을 하겠냐? 곱상하게 생긴 게 인생에 일탈과 고난이라곤 전혀 없었을 것 같더만."

"얼라리? 니는 뭐 어지간히도 고난스럽게 자랐나 보다? 에라 이 못난 놈!"

12년째 준희 옆구리에 꼽등이처럼 달라붙어 사는 못생긴 훈이다. 3대가 모여 사는 종갓집 장손의 4녀 1남 중 막내아들로 태어나 좋은 것만 먹고 비싼 것만 입고 자랐음에도 불구하고 그런 티가 전혀 안 나는 애석한 얼굴과 4년째 160에 간신히 머물러 있는 야속한 성장판의 소유자. 조부모의 영향을 받아 유독 사투리가 심한 아이. 이때다 싶어 한마디 거들고 나선다.

"자살이 웬 말이여 자살이. 이? 시상에 지만큼 편한 인생이
어딨다고 말여! 누구 하나 지를 건드리길 허나 간섭 허길 허
나. 방목도 저런 방목이 없이 큰 주제에 아주 그냥 복에 겨워
도 한참 겨워서 저 지랄이지."

역시, 이 상담은 쓸모가 없다. 서울대씩이나 나와서 학위를
몇 개나 땄다는 의사가 시장도 아닌 군수가 관리하는 촌구
석의 일개 고딩 놈과 똑같은 소릴 하고 있으니.

내 머릿속엔 기록되지 않은 세 시간. 아무리 기억해내려고
머리를 쥐어짜봐도 절대로 기억해낼 수 없는 그 시간 안에 나
는. 김이 뽀얗게 서린 목욕탕 한가운데인 듯, 소독차가 지나
간 작은 골목길인 듯, 뿌연 연기로 가득한 방 안에서 잠들어
있었다고 했다. 죽어가고 있었다는 표현이 더 정확하겠지만
준희는 그날 이후 죽음과 관련된 모든 표현 방식을 극도로 꺼
렸다. 아무튼 준희는 나를 발견하자마자 곧장 들쳐업어 1킬로
미터 밖에 있는 의료원까지 단숨에 내달렸고, 창틀 사이로
몽글몽글 새어 나오는 연기를 본 아랫집 아주머니는 호들갑
을 떨면서 소방차를 불렀다고 했다. 이 소동의 근원이었던 꺼

져가는 번개탄 두 개를 내 방에서 발견하신 아버지는 적잖은 충격과 함께 슈퍼에 남아 있던 번개탄 잔량까지 모두 처분해 버리셨다. 당신의 아들이, 철없고 생각 짧은 당신의 둘째 아들이. 자살을 하려던 게 아니라 그저 호기심에 한번 피워본 거라 애써 위로 하시며. 그러는 사이 나는 고압 산소 치료를 받으며 서서히 깨어났고, 내 정신이 온전히 돌아왔을 때 준희는 울고 있었다.

그날 이후로 나는 집안에서 절대 권력자가 되었다. 엄마도 아버지도 모두 내 눈치를 살피고 비위를 맞추느라 전전긍긍하셨으며, 왜 그랬는지에 대해서는 마치 짠 것처럼 묻지 않으셨다.

그 권력은 학교에서도 이어졌다. 내가 자살을 시도했다는 소문이 돌자 아이들은 마치 죽음의 문턱에서 살아 돌아온 불사조를 보듯 나를 신기해했고, 스스로를 죽일 수 있는 강심장이라면 타인을 살해하는 데도 서슴없을 거란 이상한 망상에 사로잡혀 두려운 눈으로 나를 피해 다니는 부류까지 생겨나고 있었다. 선생님들은 요주의 관심 학생 명단 맨 꼭대기에 나를 올려두고는 관리라는 명분하에 내가 무슨 짓을 하든 방관으로 일관했다. 숙제를 해오지 않아도 혼나지 않고 수업 시간에 들어가지 않아도 교무실로 불려가지 않는 그런 날들이 하루 이틀 늘어가다 보니 졸지에 언터처블이 된 것 같았다. 아무도 말을 걸지 못하고 아무도 다가오지 못하는 그런 존재. 언터처블의 삶은 편하긴 했지만, 썩 유쾌하진 않았다. 그들이 보내는 신기하고도 두려운 눈빛의 바탕에는 혐오라는 감정이 깔려 있었기에.

그리고 준희는. 걸핏하면 형이 해줄게, 형이 그랬지, 형만 믿어 등등 형 소리를 입에 달고 살며 자신의 위치와 존재감을 끊임없이 각인시켰던 준희는. 그 사건 이후 더더욱 형 노릇에 열을 올리며 마치 나의 법적 보호자라도 되는 양 일거수일투족을 감시하고 과잉보호를 해대기에 이르렀는데, 학교 안에서 급식실, 매점, 화장실까지 따라다니는 건 물론, 주말엔 본인이 아르바이트하는 피자가게까지 나를 끌고 다닐 정도였다. 흡사, 가난한 홀어미가 어린 자식을 거리의 나무에다 묶어두고 돈을 벌러 다녔다는 중국 모녀의 기구한 사연처럼 준희는 나를 피자가게 한구석에 처박아두고 마음 편히 배달을 다녔다. 대체 이 아이는 왜 이렇게 형이라는 이름에 대단한 자부심과 사명감을 갖고 있는 걸까? 무슨 훈장이나 명예직도 아닌데. 다른 집 형들도 모두 이럴까? 가끔은 외계인의 존재만큼이나 기이하게 느껴지기도 한다. 그래봐야 고작 33초 차이면서 말이다. 혹시 죽을 뻔한 나를 제 손으로 구해냈으니 앞으로의 인생도 몽땅 책임지겠다는 심산인 걸까? 그런 거라면 난 정말 피곤하게 됐다. 괜히 어설프게 죽지도 못하고 살아나서는. 왜 좀 더 확실하고 빠른 방법을 쓰지 못했던 걸까 나는.

"앉아서 놀지 말고 피자 박스라도 접어라!"

피자가게 사장님은 자릿세로 노동력을 요구하셨다. 어차피 배달과 테이크아웃만 전문으로 하는 데라 홀 손님은 있지도 않으면서 치사하다고 속으론 투덜거렸어도 나는 찍소리 못하고 박스를 접는다. 아마 나뿐만 아니라 사장님의 얼굴을 본 사람이라면 어느 누구라도 그렇게 했을 것이다. 맨주먹으로 소도 때려잡게 생긴 면상을 앞에 두고 거역이 웬 말. 어림 반 푼어치도 없는 소리지. 하지만 보이는 모습과는 달리 놀랍게도 서울. 그것도 전 세계인이 다 안다는 그곳, 강남 출신이셨던 사장님은 3년 전 이곳으로 오셨다.

충남 벽초군 벽초읍. 이 별 볼일 없는 촌구석에 난데없이 등장한 험상궂은 외지인은 외모만큼이나 무성한 소문들을 몰고 다녔었는데, 무슨 북한 특수요원 출신이라는 둥 경찰의 눈을 피해 숨어든 지명수배자라는 둥 그 스케일이 웬만한 블록버스터 영화는 뺨치고도 남을 정도였다. 그중에서도 가장 신빙성 있게 돌았던 소문은 어두운 과거를 청산하고 내려온 주먹 세계의 중간 보스라는 설이었는데, 사장님은 오히려 이걸 역으로 이용해 조폭 출신이 만든 진짜 마약 피자라는 카피를 내세워 대대적인 홍보를 하셨고, 그 결과 손바닥만 한 읍에서 배달원을 무려 다섯 명이나 둬야 할 만큼 초대박을 치게 되셨다. 사실 블록버스터급 소문들에 비하면 진실은 다소 시시한 편이었다. 교육열 뜨겁기로 유명한 강남 8학군에서 학창 시절 내내 치열하게 공부해 서연고 서성한 중경외시 중 한 곳을 졸업했음에도 좀처럼 벗어날 기미가 없는 2년짜리 계약직 신세에 지친 나머지, 도시 생활을 정리하고 부모님의 고향이었던 벽초로 내려와 남은 재산 다 털어 피자가게를 내고 새 출발을 하게 됐다는 뭐 그렇고 그런 흔한 스토리. 물론, 결말이 좀 드라마틱하게 나긴 했지만. 아무쪼록 사장님의 진실을 알게 된 1년 전을 기점으로 나는 공부에서 완전히 손을 떼버렸다. 이미 안 하고는 있었지만, 더더욱 격렬하게 안 하기 시작했다. 기껏 이 악물고 공부해서 촌구석을 벗어나봤자 비정규직으로 여기저기 불안하게 떠돌기만 하다 결국 집으로 내려와 아버지의 슈퍼나 물려받을 것이 뻔한데 내가 왜. 그래도 이건 괜찮은 케이스라고 생각한다. 코딱지만 한 구멍가게라도 믿을 구석 하나는 있는 거니까. 솔직히 내 스펙으로는, 그러니까 서울 쪽은커녕 이름도 없는 지잡대 어디 하나 간신히 나올 스펙으로는 2년짜리 계약직은 말할 것도 없거니와 애초에 취준생만 하다 20대가 끝날 수도, 그전에 군대에서 뭔가 잘못돼 인생 자체가 끝날 수도 있는 거였다. 연우 삼촌처럼.

어느 쪽으로 그려봐도 암울하기 짝이 없는 미랜데 그걸 위해 열심히 공부까지 하는 건 너무 억울할 것 같다는 생각이 들었다. 그래서 나는 공부를 그만둔 거다. 조금이라도 덜 억울하기 위해. 조금이라도 덜 비참하기 위해. 열심히 했지만 이룬 것이 없다보단 처음부터 한 게 없으니 이룰 것도 없다는 쪽이 훨씬 나을 테니까. 결국 인간은 죽어가는 존재이므로 열심히 최선을 다해 살 필요가 전혀 없다는 논리와 같은 맥락인 셈이었다.

피자 박스를 일곱 개쯤 접었을 때 배달 나갔던 훈이가 돌아왔다. 투덜투덜 욕 비슷한 것들을 연신 내뱉으면서.

"사장님! 앞으로 서원빌라 503호는 주문 안 받으면 안 돼요?"

"왜? 그 집 아주머니 또 쓰레기 봉지 내밀든?"

"진짜 한두 번도 아니고 아주 그냥 상습이여요 상습. 뭔 놈의 집구석에서 쓰레기가 고따구로 많이 나오는지. 갈 때마다 당연허단 듯이 내민다니까요? 무슨 쓰레기 버리기 싫어서 피자 시키는 것도 아니고."

"하아… 그 집 참 매번 너무하네 진짜! 지난번에 준희가 갔을 땐 꼬마가 돈을 바닥으로 휙 던지고 문 닫았다던데."

"아휴 왜 아니겠어유. 지 엄마가 하는 거 고대로 배웠겠지. 미친놈의 집구석 그냥, 교양이 땅바닥에 처박혔지 처박혔어."

"거참, 동네 장사하면서 손님 가려 받을 수도 없는 노릇이고…"

"얌마 강준경이! 긍께 박스를 똑띠기 접으란 말여 똑띠기. 전문성을 갖고!"

분노의 불똥은 가만히 있던 나에게로 느닷없이 튀었다.

"손님들이 말여? 피자보다도 말여? 먼저 보는 기 뭐겠어? 이? 바로 요 박스다 이 말이여. 긍께 이 박스가 네모 빤듯허게 각이 착착 살아 있어야 받는 사람 입장에서도 말여? 아~ 내가 지금 겁나게 고급진 음식을 받고 있구나, 이 사람은 나헌티 이런 고급진 음식을 가져다주는 사람이구나, 긍께 함부로 대하믄 안 되겠구나, 뭐 이런 인식이 쬐끔이라도 생기지 않겄냐? 이? 그래야 우리헌티 쓰레기 봉다리를 내민다든가 돈을 집어 던진다든가 하는 몰상식한 짓거리를 안 헐 거 아녀 안 그려? 이? 긍께 니가 지금 하고 있는 일이 별거 아닌 거 같아도 막상 의미를 부여하고 보믄 별거 아닌 일이 아니다 이 말이여 내 말이! 한마디로 우리 라이더들의 자존심과 인권이 박스를 접고 있는 니 손모가지에 달렸다 이거여! 이? 뭔 말인지 알겄어??"

궤변을 길게도 늘어놓은 훈이는 속이 부쩍 탔는지 냉장고에서 생수병을 꺼내 벌컥벌컥 들이켰다. 그 모습을 물끄러미 보다가 물었다.

"너는 용돈도 많이 받는 애가 알바는 왜 하냐? 그런 수모까지 당해가면서."

"준희가 허니께."

훈이는 뭘 그렇게 당연한 걸 물어보고 있냐는 투로 대답했다. 가만 보고 있으면 훈이는 준희에 대한 충성도와 의존도가 지나칠 정도로 높은 아이였다. 준희가 특별히 없는 살림 내가며 잘해준다거나 반대로 무섭게 굴어서 두려움을 일으키는 것도 아닌데 참 희한한 일이라고 늘 생각했었다. 저러다 나중에 준희가 먼저 죽기라도 하는 날엔 관 속까지 따라 들어가겠다고 하는 건 아닐는지.

아르바이트는 보통 밤 10시 언저리쯤 끝이 났다. 좀 한가한 날에는 9시 반에 마감을 하기도 했고 주문량이 폭주하는 날에는 10시 반이 넘어서야 겨우 마감을 하기도 했는데 하필 그게 오늘이었다. 일찍 끝나나 늦게 끝나나 월급엔 변동이 없었지만 사장님은 오늘 같은 날엔 퇴근하는 알바생들 손에 갓 구운 피자 한 판씩을 쥐여주시곤 했다. 인지상정이라나 뭐라나.

우린 피자 두 판을 들고 우기삼거리에 있는 놀이터로 향했다. 우기삼거리는 훈이 집과 우리 집이 갈라지는 길목이자 (이 시골에서 마저) 부촌과 빈촌이 나뉘는 경계선이었다. 우기삼거리를 중심으로 서쪽은 학교가 있는 경재리, 동쪽은 훈이 집을 포함한 신축 프리미엄 아파트 단지가 있는 (그쪽 주민들 표현대로) 부촌인 벽초리였다. 그리고 북쪽 방향으로 우기천이 흐르는 탁진교를 건너면 우리 집이 있는 (모두의 표현대로) 빈촌인 탁진리였는데, 기본 60년 이상은 된 늙은 집들로 가득한 동네였다. 읍내의 집과 건물들이 재건축되고 흙먼지나 날리던 땅 위에 아파트가 번쩍번쩍하게 들어서는 동안에도 단 한 번 개발의 손길이 닿지 않은. 뒤로는 고니산이, 앞으로는 우기천이 흐르는 배산임수의 완벽한 풍수지리를 가졌음에도 서러울 정도로 외면받았던 나의 고향이자 아버지, 그리고 할아버지의 고향인 탁진리. 한때는 터줏대감들의 동네였지만 그것도 100년 전에나 통했지 지금은 그저 시골의 허름한 달동네에 불과했다. 반면, 벽초리 아파트 단지에는 벽초군의 지역 경제를 책임지는 환산 제지의 임직원들과 그 가족들이 주로 거주했는데, 훈이의 아버지도 그중 한 분이셨다. 훈이네는 우리와 마찬가지로 벽초 토박이였지만 대부분의 직원들은 타지에서 유입되어 온 이주민들이었다. 그들은 마치 이 작은 시골 동네를 구제하기 위해 손수 강림한 신이라도 되는 양 꼴값을 떨며 듣도 보도 못한 갑질을 시전하곤 했었는데, 이를테면 자신들의 아파트 공원에 입주민이 아닌 다른 아이들의 출입을 금지시킨다거나 자신들의 자녀가 다니는 초등학교에 프리미엄 아파트에 사는 아이들만 따로 반을 만들어 시골 아이들과 분리를 시켜주길 요구한다거나 편하고 품격 있는 쇼핑을 위해 자신들만 이용할 수 있는 전용 마트를 아파트 옆에 지어

달라거나 하는 부분들이 그것이었다. 솔직히 도시 사람들 눈에야 다 같은 시골 사람들이겠지만 그 안에서도 소위 말하는 '급'과 '클래스'는 중요한 문제인 듯 싶었다. 우린 아침마다 그 욕망의 경계선에서 만나 학교를 가고 저녁엔 그곳에서 헤어져 집으로 왔다. 오랜 시간 암묵적으로 약속된 우리들의 만남의 광장이자 아지트인 셈이었다.

찌그러진 미끄럼틀 하나에 삐걱거리는 그네 두 개, 녹으로 뒤덮인 정글짐 한 개가 전부인 놀이터는 황량하기가 꼭 쓰임을 다한 노인의 쓸쓸한 뒷모습을 보는 것 같았다.

우린 늘 그랬듯, 미끄럼틀 꼭대기에 둘러앉아 피자 판을 펼쳤다. 사장님이 직접 개발한 특제소스로 만든 바비큐 피자와 온갖 종류의 치즈를 다 넣고 만든 올스타 치즈 피자는 일반 프랜차이즈 피자에선 느껴보지 못했던 맛과 풍미가 있었다. 피자의 본고장을 가면 이런 피자를 팔고 있을까? 하는 그런 맛. 피자가게가 대박이 난 데에는 조폭 마케팅이 포문을 연 것도 있겠지만 사실 피자가 맛있다는 본질이 흐려지지 않았기 때문이었을 것이다.

"우리 사장님 말여. 볼수록 의리 있지 않냐? 일 좀 늦게 끝났다고 이렇게 라지 사이즈를 두당 한 판씩 챙겨주는 거 보른 말여! 왕서방네 짜장은 얄짤없댜. 늦게 끝날 땐 입 싹 닫으면서 일찍 끝나는 건 알바비를 분당 계산해서 철저히 까고 준다. 겁내 양아치들이여."

훈이는 입가에 핫 소스를 잔뜩 묻혀가며 말했다.

"진짜?? 와… 치사하다!"

준희는 맞장구를 쳐주고.

"왜 아니겠어? 인자 왕서방네서는 시켜먹지 말아야지! 거기 버르장머리 못 쓰겠어."

훈이는 더 신이 나서 쫑알댄다.

"짜장면은 강인수 수타 짜장이 최고여! 거기는 막 주먹만 한 감자가 대여섯 개씩 굴러 댕기잖여. 장사는 모름지기 고로코롬 인간미 있게 혀야지! 안 그냐? 말 나온 김에 담주에 함 먹으러 갈 려?"

"그러자!"

둘은 별 시답잖은 대화를 나누며 재밌어 죽겠다는 듯 깔깔거렸다. 무슨 여중생들도 아니고.

나는 그 사이에서 말없이 내 몫을 해치워 나갔다. 피자 박스 200개를 접은 대가로 세 조각 정도면 괜찮겠지 생각하면서.

마지막 한 조각이 남았을 때 시간은 정확히 11시 12분을 지나고 있었다. 라지사이즈 피자 두 판이 사라지는데 20분도 안 걸렸다는 소리다.

"라스트 원! 누가 먹을 려?"

배는 충분히 채웠다고 생각하고 있었는데,

"강준경이! 니가 먹어!"

훈이가 내 쪽으로 피자를 쓱 밀었다. 내가 부족했다고 생각한 모양이다.

"됐어 난 배불러. 니들끼리 나눠 먹어 그냥."

"아오 이걸 뭘 나눠. 걍 니가 마무리 햐."

"그래. 얼른 먹고 치우자!"

나는 어쩔 수 없이 피자를 집어 들었다. 미끄럼틀 만찬을 끝낸다는 책임감으로 피자를 입에 욱여넣자 훈이는 기다렸다는 듯 말했다.

"어뗘! 맛있지? 살아 있으니께 이런 것도 먹고 그르는 겨 살아 있으니께! 긍께 감사하면서 살어 인마! 알겠어?"

요즘 들어 부쩍 입만 열면 '살아 있으니께'라는 전제를 갖다 붙이는 저 녀석. 괜히 얄밉다. 준희가 나한테 말할 때마다 형이, 형이 그런다고 자기도 내 형인 줄로 착각하는 것 같은 저 건방진 태도. 어떤 나라에서는 쌍둥이 중 나중에 나온 아이를 형으로 치기도 한다던데. 그런 얘길 들을 때면 나는 왜 좀 억울한 기분이 드는 걸까.

준희와 나는 우기천이 흐르는 탁진교를 조용히 걸었다. 우리 집은 이 다리가 끝나는 지점에 있었다. 빈촌의 시작점에.

"이제 피자가게는 그만 끌고 가면 안 되냐?"

집까지 100미터 정도를 남겨놓고 물었다.

"안 돼."

단 1초의 망설임도 없는 단호한 대답이 돌아온다. 예상 못한 건 아니었지만 막상 또 들으니 짜증이 나는 건 어쩔 수가 없나 보다.

"아 왜에에. 한 달이나 끌고 다닌 걸로는 성에 안 차냐?"

"형이 널 어떻게 믿고 빈집에 혼자 둬? 또 뭔 짓을 저지를 줄 알고!"

"그렇다고 매 주말을 피자가게에서 박스 접게 하는 건 좀 아니잖아. 안 그래?"

"안 그래. 어차피 집에 있는다고 네가 공부할 것도 아니잖아? 이래저래 멍 때리고, 엉뚱한 생각이나 하고 있을 텐데. 박스라도 접는 게 낫지."

준희는 큰 걸음으로 성큼성큼 앞서 나갔다. 열여덟 살이 저렇게까지 비장할 필요가 있을까 싶을 만큼 과한 액션이었다. 그 뒷모습을 보고 있자니 급격히 약이 올라 소리쳤다.

"아 몰라! 다음 주부턴 안 갈 거니까 그렇게 알아! 목줄을 채워서 끌고 간대도 난 한 발짝도 안 움직일 거야!"

생각해보면 그랬다. 내가 안 가면 그만이었다. 지금까지 피자가게를 따라간 건 순전히 내 선택이었다. 준희는 어떠한 폭력이나 압력도 행사하지 않았었다. 그저 나에게 "가자!"라고 한마디만 했을 뿐이었다. 거기에 군말 없이 따라나선 건 순전히 나였다. 나 자신이었다. 나 스스로 준희를 따라 피자가게로 가서 사장님이 주는 박스를 접었던 것이다. 그래, 내가 안 가면 그만이다. 그만인 거다. 내가 저 아이보다 키도 더 크고 덩치도 더 좋고 힘도 더 세다. 나는 이제 가지 않을 것이다. 지가 어쩌겠어?

"그럼 이제 그만할 거야?"

내가 저항의 마음을 굳세게 품고 있던 그때, 한참을 앞서가던 준희가 걸음을 멈추고 물었다.

"뭘?"

"죽고 싶다느니 그만 살고 싶다느니 떠나고 싶다느니 등등 죽음에 관한 말과 행동을 포함한 모든 것들."

자살이라는 단어를 차마 입에 올리고 싶지 않았는지, 준희는 한참을 돌려 말했다.

"자살 시도?"

나의 직설적인 대답에 준희는 괴롭다는 듯 얼굴을 한껏 일그렸다가 폈다.

"그 단어 마음에 안 들어. 쓰지 마. 여튼 그거. 그거 이제 그만할 거야?"

"…"

나는 선뜻 응, 이라는 대답을 하지 못했다. 그건 명백한 거짓이었으므로. 나는 여전히 내가 죽어가고 있다고 생각했으며 기회를 봐서 언제든 다시 자살을 시도할 용의가 있었다. 다만 그 언제가 언제인지를 아직 정하지 않았을 뿐. 10년 후가 될지 20년 후가 될지 당장 내일이 될지는 모르지만 어쨌든 나의 마지막은 결국 자살이 될 거라는 생각엔 변함이 없었다. 그리고 나는 치명적이게도 거짓말을 못했다. 마음에 없는 말도 못했다. 차마 거짓말을 해야 할 순간이 오면 그냥 입을 다물고 침묵을 지키는 쪽을 선택했었다. 지금 내가 "응. 그만둘 거야. 열심히 살아볼게 최선을 다해서."라는 말만 해준다면 형이라는 호칭으로 스스로를 수식하기 좋아하는 저 녀석의 감시망에서 벗어나 자유가 될 텐데도 나는 그 말이 도통 입 밖으로 나오질 않고 있었다.

"대체 너는 왜 그러는 거야 왜!!!"

내 대답을 기다리다 화가 솟구친 준희가 소리를 질렀다. 준희의 목소리는 우기천 주변으로 퍼져 있던 모든 풀벌레를 다 깨우고도 남을 정도였다. 잔잔하게만 흐르던 우기천에도 파동이 인 것 같았다. 살면서 몇 번 본 적 없던 그 모습에 나는 흠칫 놀라고 만다. 저런 모습을 마지막으로 본 게 언제였더라.

"연우 삼촌 일을 다 잊은 거야?"

준희의 목소리가 떨려온다.

연우 삼촌. 엄마에겐 열한 살 차이 나는 늦둥이 동생이자 번갯불에 콩 구워 먹듯 요절해버린 친정 식구들 중 유일하게 남은 혈육. 물론, 10년 전까지만.

삼촌은 우리와 함께 살았었다. 가게 일로 바쁜 엄마 아버지를 대신해 우릴 돌보고 공부시키며 준희와 나의 유년기 절반을 키워 냈었다. 삼촌은 우리에게 큰 형이자 삼촌이자 때론 아버지였다.

우린 삼촌을 좋아했다. 안 좋아하려야 안 좋아할 수가 없는 사람이었으니까. 솔직한 말로 나는 아버지보다도 삼촌을 더 좋아했었다. 다른 아이들이 어린 시절에 아버지와 쌓았을 추억들을 나는 모조리 삼촌과 쌓았었다. 자전거 타는 법도 배드민턴 치는 법도 구구단 외우는 법도 심지어 수영까지.

삼촌은 엄마의 동생이라고는 믿기 어려울 만큼 키도 크고 잘 생겼으며 심지어 똑똑하기까지 했다. 엄마를 '디스'하려는 게 아니라 엄마 역시도 인정하는 부분이었다. 외가 쪽 우월한 유전자는 모두 삼촌에게로 '몰빵'됐다고. 그러니 다 죽어가는 엄마의 집안을 일으킬 사람도 오직 삼촌뿐이라고.

우월한 유전자를 집중적으로 몰아받은 사람답게 삼촌은 장차 국방부 장관이 되겠다는 비범한 꿈을 갖고 있었다. 지금 생각해보면 흙수저 주제에 참 꿈도 야무졌다 싶지만 삼촌은 그 꿈을 이루기 위한 계획을 착실히 수행해, 기어이 벽초군에서 육군사관학교에 들어간 최초의 학생이 되고야 말았다.

칼 주름이 잡힌 사관생도복에 반짝반짝 광이 나던 군화, 그 어떤 총알도 못 뚫을 것처럼 빳빳하게 각이 잡힌 모자까지. 육군사관학교에 입학하던 삼촌의 모습은 가히 충격적일 만큼 멋있었고 그 모습을 보며 나도 나중에 삼촌 같은 군인이 되어야지라고 생각했었다. 물론, 대한민국에서 태어난 신체 건강한 남자라면 살면서 반드시 한 번은 군인이 된다는 사실을 미처 몰랐던 시절의 얘기지만.

아무튼, 그렇게 모두의 기대를 한몸에 받으며 육사 졸업장을 딴 삼촌은 소위로 임관하고 얼마 지나지 않아 군대에서 죽어버렸다. 사인은 자살이었다. 유서 한 장 없었음에도, 총알이 뒤통수를 뚫고 얼굴을 다 뭉개놨음에도 삼촌의 사인은 자살이었다. 국방부 장관이 되겠다며 그 오랜 길을 걸었던 삼촌은 어째서 중위도 달기 전에 자신의 이마도 관자놀이도 아닌 뒤통수를 쏜 것일까? 방아쇠를 당기려면 팔을 한참은 뒤로 꺾어야만 하는 그 불편한 방법으로.

지금 생각해 보면 여간 이상한 일이 아니지만 국가를 상대로 길고도 긴 싸움이 될 게 불 보듯 뻔했던 그 이상한 일을 이상하다고 문제 제기하고 나설 만큼 우리 집은 용기 있고 여유롭지가 못했다. 아버지에겐 매일매일 물건을 팔아 먹여 살려야 할 식구가 있었으며 엄마에겐 손길이 필요한 어린 자식이 두 명이나 있었기에 우린, 국가가 말해주는 대로 삼촌이 자살을 한 거라 믿어야만 했다. 어쩔 수 없이.

"그냥 좀 평범한 애들처럼 살면 안 돼? 꼭 그렇게 유별나게 사춘기를 보내야겠냐고! 차라리 게임에 정신을 팔아봐! 아님 만화책이나 애니메이션이나 아이돌이나! 레드벨벳, 블랙핑크, 여자친구 뭐 많잖아! 하루가 멀다 하고 쏟아져 나오는 게 아이돌이고 연예인인데 그중에 네 취향 하나 없겠어? 왜 하고많은 것들 중에 하필이면 죽음에 온 정신이 팔려 있냐 너는! 왜 모두가 널 걱정하게 만드는 거야! 왜 엄마도 아빠도 나도, 온 가족이 네가 죽을까 봐 전전긍긍 눈치만 보게 만드냐고 왜! 그거 정말 잔인한 취미인 거 알아? 살기 싫으면 그냥 놀아. 아무것도 하지 말고 그냥 놀아. 그냥 숨만 쉬어달란 말야. 번개탄 같은 거나 피우지 말고!! ... 나는 이 다리를 건널 때마다 한 달 전 그날만 생각나. 널 업고 여기를 정신없이 뛰었던 그날만 생각난다고! 어릴 때 연우 삼촌이 여기서 자전거 태워줬던 거, 너랑 훈이랑 셋이서 달리기 시합했던 거, 여름이면 뚝방에서 우기천으로 뛰어들었던 것보다도 가스 마시고 기절한 널 업고 달렸던 그날. 네가 죽을까 봐 간담이 서늘했던 그날!! 이젠 그날이 제일 먼저 생각난다고. 아침저녁으로 나를 그날의 공포 속으로 되돌려 놓으면서 아직까지도 그만 죽겠다는 말이 안 나온단 말야??"

준희는 여차하면 눈물이라도 한 바가지 쏟아낼 얼굴이었다. 굉장히 억울해 보이기도, 굉장히 한 맺혀 보이기도 한 얼굴을 보고 있자니 마치 내가 중범죄라도 저지른 엄청난 가해자가 된 것만 같았다. 저 얼굴을 앞에 두고 무슨 말을 해야 하지? 답을 찾는 나와, 한껏 폭발시킨 감정을 열심히 추스르고 있는 준희 사이로 깊은 고요가 흘렀다. 우린 아주 잠깐 동안을 우기천이 흘러가는 소리만 들으며 어둠 속에 머물러 있었다. 달빛도 저 멀리 사라지고 없었다. 그 낯선 온도 사이로 보이지 않는 투명막이 형성되고 있는 것 같았다. 집으로 가기 위해 저 막을 찢고 나가야 할 사람은 분명 나인데, 도무지 입도 발도 어느 거 하나 먼저 떨어지는 것이 없었다. 결국 준희가 저 막을 찢고 들어와 또 나를 잡아끌 테지.

"책에서 본 건데. 자살을 시도했던 사람들이나 우울증을 심하게 앓고 있는 사람들한테 치료법으로 권하는 게 있대."

준희는 나의 예상대로 우리 사이에 형성된 투명막을 찢고 내 앞으로 저벅저벅 도착한다.

"관찰일기라는 건데, 주변 사람들을 관찰하고 지켜보면서 삶의 의미와 재미를 찾아가는 치료법이야. 다른 사람들은 어떤 인생을 살고 있는지, 어떤 방식으로 세상을 살고 있으며 어떤 일에 즐거움을 느끼고 살아가는 힘은 어디서 얻는지 등등."

준희는 가방 안에서 노트 한 권을 꺼내 내밀었다. 어두워서 잘 보이진 않았으나 꽤 비싼 물건 같았다. 귀티 나는 의사에게나 어울릴 법한.

"너 주려고 샀어. 여기다 관찰일기를 쓰면서 살아야 하는 이유를 찾아봤으면 해. 억지로라도! 어려운 건 아니잖아? 단한 줄이라도 좋으니 그냥 다른 사람들은 어떻게 살고 있는지 보고 듣고 관찰한 걸 적어봐. 부담 없이. 이걸 열심히 써보겠다고 하면 앞으로 피자가게는 안 끌고 갈게."

"…싫다고 하면?"

"…부탁이야 준경아."

처음이었다. 부탁이야, 라는 말은.

준희는 부탁이라는 단어가 굳이 필요 없는 아이였다. 늘 스스로 먼저 움직여 다른 아이들이 따르게끔 했었으니까. 덤덤한 표정으로 말하고 있었지만 준희의 눈빛은 그 어느 때보다도 간절했다.

"…노력은 해볼게."

나는 노트를 받았다. 그 순간 내가 할 수 있는 최선이었다.

죽는 걸 그만둘게 또는 오늘부터 열심히 살아볼게와 같은 거 짓말은 차마 할 수 없었던 나의 최선의 대답. 최선의 행동. 그리고 이어지는 생각.

참, 너는 어쩔 수가 없게 만드는구나.

산다는 것은 뭘까? 뭘 어떻게 해야 하는 걸까? 그냥 이렇게 침대에 누워서 아무것도 하지 않고 숨만 쉬고 있어도 사는 거라고 말할 수 있을까?

준희의 감시에서 오롯이 벗어나는 밤이면 나는 침대에 누워 천장의 벽지 무늬를 세면서 종종 이런 생각에 잠기곤 했다.

그리고 아버지는. 생전 그런 적이 없으셨던 아버지는. 매일 슈퍼 문을 닫고 귀가하시는 자정 즈음에 꼭 내 방문을 열어 나의 생사를 확인하는 버릇이 생기셨다. 아버지가 방문을 열었을 때 마주하시는 풍경은 늘 똑같다. 지금처럼 침대에 가만히 누워서 천장을 보고 있는 이 모습. 가끔 등을 돌리고 자는 척을 해보기도 하지만 그럴 때면 안심이 안 되시는 건지 꼭 내 얼굴 가까이로 오셔서 숨소리를 듣고 가곤 하셨다. 그게 부담스러워 나는 되도록이면 아버지가 오실 즈음엔 최대한 깨어 있으려 노력했다.

"별일 없냐?"

"네."

"그래, 자라."

"안녕히 주무세요."

아버지의 하루가 안전하게 종료되는 의식이 끝나고. 오랜 세월 뒤틀리고 좀 먹은 나무 계단이 아버지의 걸음에 맞춰 삐걱대는 소리를 들으며 나는 책상 앞으로 왔다.

고등학생의 책상이라기엔 염치없을 정도로 썰렁한 그곳에는 준희가 선물한 노트만이 덩그러니 놓여 있었다.

A5 사이즈에 검은색 인조 가죽이 입혀진 하드커버. 하단 중앙에 각인된 강준경 이름 석 자. 노트를 감싸고 있던 밴드를 풀고 펼치면 내부를 빼곡히 채우고 있는 미색의 종이들. 괴발개발한 글씨로 아무 말이나 휘갈겨놓으면 안 될 것만 같은 고급스러움이다. 도통 감당이 안 되는 노트를 앞에 두고 나는 한참을 생각에 잠겼다. 뭘 써야 하지? 도대체, 어떻게 시작해야 하지? 그렇게 한 시간이 순식간에 흘러갈 거라곤 미처 예상하지 못했다. 괜한 자괴감이 내 신경을 뾰족하게 찔러댔다. 이런 젠장. 뭔가를 써낸다는 일은 생각보다 어려운 것이

었다. 특히나 나처럼 입만 번들하게 뚫린 이에게는. 여기저기서 주워들은 잡지식들로 어찌저찌 말은 그럴듯하게 한다고 쳐도 사실은 속 빈 강정이라는 걸 누구보다도 내 스스로가 안다. 초등학교 때 방학 숙제로 써가는 일기조차도 스스로 써본 적이 없는 인생이다. 단 하루 동안의 일도 요약하지 못해 준희의 일기를 통으로 베껴갔던 나인데 대체 뭘 관찰하고 뭘 써보라는 건지. 책이라는 걸 읽어본 역사가 없고, 쓰기라는 걸 도통 하지 않고 살아온 유년기는 이렇듯 힘이 없다.

열여덟씩이나 돼서 한 시간째 그럴듯한 문장 하나를 시작 못하고 에라이 깡통 자식아! 라고 종이가 누런 이를 드러내며 날 비웃고 있는 것만 같다.

건방진 자식. 그래봐야 종이 주제에! 확 찢어버릴까 보다.

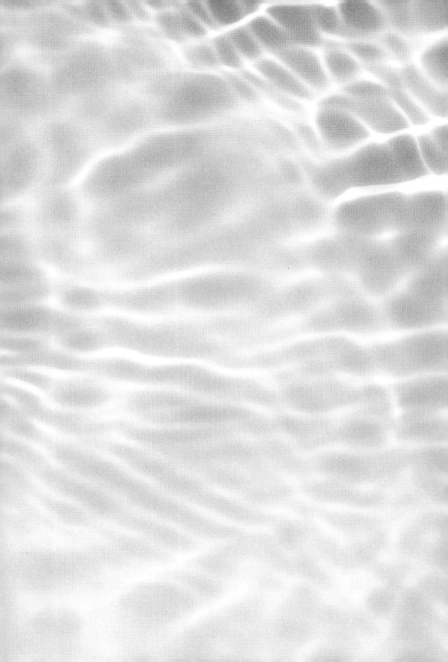

여름

그저 이것은

한 인간을 향한,

그리고

그 인생을 향한

절대적인 존경과
숭배로부터 잉태된

종교와도 같은
사랑이었다.

아침부터 매미가 지독하게 울었다. 매미가 우는 건 수컷이 암컷에게 구애를 하기 위함이라던데, 창밖의 수컷은 우기천 건너의 암컷들까지 죄다 유혹할 기세로 울어 제꼈다. 금성 로고가 붙은 구식 선풍기의 타들어가는 모터 소리는 어떻게 좀 참아보겠다만, 욕정으로 들끓고 있는 저 수컷의 아우성은 평범한 인간의 정상적인 고막이 수용할 수 있는 데시벨의 한 계치를 훌쩍 넘어가고 있었다. 제기랄. 쓸모없는 청소년의 바람직한 본분대로 방학 내내 늘어지게 잠이나 자보려던 계획 은 이렇게 첫날부터 어긋나고 만다.

나는 후줄근한 몸을 일으켜 어쩔 수 없는 걸음으로 방을 나왔다. 엄마와 아버지는 슈퍼로, 준희는 어딘가로. 구성원들 이 각자의 위치를 찾아 떠나고 난 집 안은 고요했다. 문 하나를 사이에 두고 믿을 수 없는 고요가 펼쳐지고 있었다. 번개탄에 불을 붙였던 어느 봄날만큼의 고요. 그 고요와 지금의 고요 사이를 정녕 내가 지나온 것일까?

문득문득 그런 기운에 휩싸일 때가 있다. 내가 지금 살아 있는 걸까? 어떻게 살아 있는 걸까? 어째서 살아 있는 걸까? 왜 아직도 나는 살아 있는 걸까. 내내 죽어만 왔지, 살아본 적은 없었기에 그런 기운이 가슴팍을 훅 치고 들어올 때면 난 순간적으로 숨 쉬는 법을 잊어버리곤 한다. 코로 숨을 들이마시는 법을 다시 깨우치는 그 짧은 시간 동안의 정신적 표류 상태를 두고 어떤 이들은 공황장애라는 병명을 갖다 붙였다. 그렇다면 나는 봄날의 어느 고요로부터 병을 얻은 것일까? 아니면 병을 가장한 벌을 얻은 것일까? 그렇다면 이건 죽지 못했음에서 얻은 벌일까, 죽으려 했음에서 얻은 벌일까?

환자와 죄인 그 어디쯤에서 오는 야릇한 기분을 뒤로하고 나는 주방으로 내려와 냄비에 물을 끓였다. 찬장에서 라면을 꺼내고 기포가 뽀글뽀글 올라오기를 기다렸다가 스프를 넣고, 라면 사리를 넣을 때에 가서야 준희에게로 생각이 미쳤다. 근데 얘는 아침부터 어딜 간 거지?

내가 간단하게 설거지까지 마쳤을 즈음, 우당탕탕탕하는 요란과 함께 준희가 돌아왔다.

"조심조심! 앞에 문턱 있어. 조심해!"

준희는 불투명한 뽁뽁이로 칭칭 감아놓은 거대한 무언가를 건너편에 있는 사람과 (보나 마나 훈일 테지만) 마주보게 들고는 뒷걸음을 치며 아슬아슬하게 집안으로 들어오고 있었다.

"아오 긍께 걍 트럭 아저씨헌티 도와달라고 허재니까는 뭐 헌다고 이걸 직접 옮겨 싸, 옮겨 싸기를. 허리 나가겄네 증말. 남자는 허린디!!!"

"그러면 운반비용까지 더 드려야 하는데 뭐 하러 그러냐? 이렇게 둘이 옮기면 되는걸."

"긍께 죽겠다는 거 아녀 지그으음!!!!"

"치킨 시켜줄게."

"치킨이고 나발이고 그놈의 닭 모가지보다 내 허리가 먼저 비틀어지겄어!!"

"다 왔어! 쫌만 힘내!!"

"다 오긴 개뿔 얌마! 니 등 뒤로 만리장성이 떡허니 버티고 있구만! 안 뵌다고 말 그리 쉽게 허는 거 아녀!!"

"니들 뭐하냐?"

가까이 가면 왠지 나눠 들어야 할 것 같아 일부러 주방 입구에 멀찍이 선 채로 나는 말만 던진다.

"어? 일어났네? 야 잘됐다! 가서 내 방문 좀 열어놔 활짝!!"

"이~??? 아 뭔 소릴 허는 겨 지금~~ 방문이 문제여? 방문까지 가덜 못 허겄는디?? 야가 참, 일의 순서를 모르는구먼? 어이 강준경이! 니도 이짝으로 와서 귀퉁이 잡고 힘 보태 언능!"

"문만 열어두면 되는 거지? 활짝."

나는 약아빠진 오소리처럼 두 계단씩 성큼성큼 뛰어올라 준희 방문을 활짝 열고 기다렸다. 훈이는 그런 내가 적잖이도 얄미웠는지 쌍시옷을 연발하며 매섭게 노려보았고 저럴 여유가 있는 거 보면 아직 힘이 남았나 보다 싶어 나는 가만히 그들이 도착하는 과정을 느긋한 얼굴로 지켜보았다.

두 사람이 겨드랑이를 다 적셔가며 들고 온 것은 다름 아닌 피아노였다. 진짜 피아노는 아니고 보급형으로 나온 저가의 디지털 피아노였는데, 오늘 새벽 우리 지역 중고 사이트에 15만 원 급매로 올라온 걸 준희가 '운 좋게' 잡은 거라고 했다. 새거로 사려면 족히 80만 원은 줘야 하는 건데 판매자가 두 달밖에 안 쓴 거라 거의 새거나 다름없으며, 그랜드 피아노의 터치감을 그대로 살린 88개의 해머 건반과 소프트, 소스테누토, 서스테인으로 구성된 세 개의 페달이 어쩌구저쩌구 솔직히 여기서부턴 그냥 듣는 척만 했다. 듣고 있어도 뭔 말인지도 모르겠고 결론은 자기가 엄청난 물건을 싼값에 '득템'했다는 소리 아닌가? 그러니 나는 그냥 듣는 척만 하다 중간중간 그래 잘했다, 축하한다, 이런 뉘앙스를 풍기며 고개만 끄덕여주면 되는 거였다.

"근데 피아노는 뭐 하러 샀냐? 치지도 못하면서."

나는 하얀색도 아니고 아이보리색도 아닌 딱히 규정짓기 어려운 컬러의 피아노를 손끝으로 쓱 쓸면서 물었다.

"준희 내일부터 피아노 학원 댕긴댜."

"뜬금없이?"

"뜬금없긴. 원래는 지난 겨울방학 때부터 다녔어야 했는데 돈 좀 모아놓고 시작하려다 보니 늦어진 거지."

"이 동네에 피아노 학원이 어딨다고?"

"여긴 없고 진석리 주공 단지로 가면 상가에 피아노 학원 있어. 순수 피아노. 글루 다닐 거야."

"진석리?? 거긴 너무 멀지 않아? 집이랑은 완전 끝과 끝인데."

"피자가게랑 가까워서 괜찮아. 방학 동안은 알바도 평일로 옮겼으니까 오전에 피아노 학원 갔다가 오후에 알바하고 오면 돼."

"…이것도 다 저 여자 때문이냐?"

나는 준희 방에 벽지처럼 빈틈없이 붙어 있는 포스터 속 여인을 가리키며 물었다.

그녀의 이름은 안젤라 윤. 미국 뉴욕 출신의 교포 3세로 열두 살이란 어린 나이에 카네기홀 무대에 올라 라흐마니노프 피아노 협주곡을 성공적으로 완주해 내면서 음악계의 역사를 새로 쓰고 순식간에 월드 스타 반열에 오른 천재 피아니스트.

쌍꺼풀이 없는 눈과 검은 머리를 가진 스물네 살의 이 한국계 여성은 영어를 모국어로 쓰고 미국의 역사를 배운 정통 아메리칸이었음에도 신이 내린 재능과 한국인 조상을 가졌다는 이유만으로, 태어나 단 한 번도 밟아본 적 없는 이 땅에서 매년 세계를 빛낸 자랑스러운 한국인에 선정되는 모순의 주인공이기도 했다.

아마도 중학교 2학년 혹은 3학년이었을 어느 음악 시간. 우린 안젤라 윤이 역사를 새로 쓰던 그 순간의 영상을 보며 라흐마니노프라는 음악가에 대해 배우고 있었다. 내가 간간이 하품이나 해대며 교과서에 실린 러시아 남자의 매끈한 얼굴에 수염을 그려 넣는 동안 준희는 영상 속 천재 소녀에게 완전히 매료되어 말 그대로 혼을 빼앗기고 있었다.

"그 고사리같이 작은 손으로 공룡만 한 피아노를 별거 아니라는 듯이 가볍게 주무르는데! 나 진짜 보는 동안 혼을 다 빼앗긴 기분이야. 사람이 아니라 신을 본 것만 같달까? 어떻게 사람이 그럴 수 있지? 나 아무래도 그녀에게 인생을 걸어야겠어!"

"어떻게?"

"갈 거야. 그녀의 세계로."

그 순간 준희의 두 눈에 영롱한 생기가 탱글하게 돌던 것을 난 아직도 잊지 못한다. 살면서 그토록 환희에 찬 눈은 본 적이 없었기에. 아르키메데스가 유레카를 외치며 욕조에서 튀어나왔을 때 그런 눈이었을까? 아니면 콜럼버스가 신대륙을 발견했을 때 그런 눈이었을까. 어떻게 살아도 정답은 없다는 인생에서 완벽한 답안지를 찾은 사람처럼 준희는 더할 나위 없는 확신으로 빛나고 있었다.

확신은 곧 결단으로 이어졌다. 며칠 밤낮을 컴퓨터 앞에 앉아 줄기차게 뭔가를 조사하고 심각하게 고민하던 준희는 그로부터 멀지 않은 어느 날, 온 가족이 모인 자리에서 자신은 장차 콘서트 플래너가 될 것을 선언했다.

"콘서트 뭐?"

"콘서트 플래너요. 공연을 기획하고 만드는 사람이에요."

이 시대 대부분의 청년층이 그러하듯, 적당한 대학 나와서 공무원 시험이나 볼 테지 싶었던 아들의 입에서 이름도 생소한 직업이 툭! 하고 튀어나오자 아버지는 머릿속이 많이 복잡해진 눈치셨다.

"그중에서도 클래식 분야만 전문으로 하는 플래너가 될 거예요."

"니가 무슨 클래식이냐? 너는 클래식에 클 자도 모르지 않든?"

틀린 말은 아니었다. 태어나서 그 나이가 되도록 클래식은 커녕 공연장이라고 생긴 곳은 가본 역사가 없었으며, 영화관을 제외한 그 어떤 문화생활도. 그러니까 돈이 좀 든다 싶은 문화생활은 일절 해본 적이 없는 우리였으니.

"서울에 공연 마케팅이랑 기획을 전공하는 학교들이 몇 군데 있어요. 일단 지금 제 성적으로 크게 무리 있는 학교는 아니구요. 고등학교 올라가서 내신 관리만 잘해주면 충분히 갈 수 있는 학교들이에요. 우린 농어촌 전형도 되니까요."

"그래도 서울 학교는 학비가 비쌀건디. 통학도 못할 거리고. 그럼 하숙을 하든 자취를 하든 기숙사를 들어가든 생활비도 적잖이 나갈 거란 소리잖여. 아이고. 집에서 다닐 만한 학교에선 그런 거 안 가르친다니?"

종일 슈퍼에 앉아 계산기만 두드리는 게 일이었던 엄마에 겐 역시나 돈이 가장 큰 문제였다.

"제가 성적을 올려서 장학금을 받는 쪽으로 해볼게요. 그리고 이번 방학부터는 아르바이트를 할 생각이에요. 지금부터 차근히 모으면 대학 가서 생활비도 제가 충당할 수 있을 거예요. 그치만 아르바이트를 해도 고등학교 마칠 때까지는 용돈을 계속 주셨으면 해요. 대학교 가서는 유학 갈 돈을 모아야 하거든요."

"유학까지 가게?"

내내 잠자코 있던 내가 끼어든 대목이었다.

"당연히 가야지. 콘서트 플래너는 주로 음악 전공자들이 제2의 직업으로 삼는 경우가 많다는데 그런 애들하고 경쟁하려면 유학은 필수야. 난 걔들처럼 조기 교육을 받았던 사람도 아니니까. 유학은 미국으로 갈 거예요. 버클리나 줄리어드 쪽이 좋을 것 같아요. 그리고 가능하다면 거기서 자리 잡고 정착할까 해요. 제 미래를 위해서도 그게 맞는 것 같거든요."

집을 떠날 거란 장남의 계획이 충격이었던 건지 그 말을 하는 장남의 태도가 너무 단호해서 충격이었던 건지 부모님은 한동안 말을 잇지 못하셨다.

나는 그때 똑똑한 아이가 인생에 구체적인 목표와 신념이 생기면 얼마나 치밀하고 무서워지는지를 보았다. 그저 가르치니까 배우고 하라고 하니까 공부했던, 마냥 수동적인 우등생에 불과했던 준희가 인생을 능동적으로 설계하고 그걸 이루기 위해 하나하나 자신이 세운 계획들을 실천해 나가는 과정은 때론 경이로울 정도였다. 다시 한번 말하지만, 저 모든 계획을 세우고 부모님 앞에서 선언하던 그때 준희는 고작 중학생이었다.

이 모든 것이 결국 안젤라 윤이라는 천재 소녀로부터 비롯된 것이라고 볼 때, 과연 한 사람의 인생을 이렇게까지 바꿔놓은 그녀가 대단한 것인지 아님, 한 사람을 만나기 위해 모든 인생을 내걸고 달려가는 준희가 대단한 것인지 나는 아직도 가늠할 수가 없다. 그저 이것은 한 인간을 향한, 그리고 그 인생을 향한 절대적인 존경과 숭배로부터 잉태된 종교와도 같은 사랑이었다.

"대학 가기 전에 체르니 100까진 떼야 할 텐데…"

이 또한 안젤라 윤을 만나기 위한 준희의 체계적인 계획 중 하나이리라.

"체르니 100 떼고 나면 다음은? 다음은 뭐가 오는 겨? 200이 오나?"

"아니. 100 다음은 30, 40, 50 이렇게."

"뭔 순서가 그려?"

"야, 최훈! 너도 준희 따라 피아노 학원 다닐 거냐?"

당연히 응이라는 대답이 나올 테지 생각하며 나는 물었다.

"아녀. 나는 연기학원 등록혔어. 앞으로 주말마다 연기 배우러 다녀야 햐. 대전까지."

"이건 또 뭔 개소리야??"

너무 어처구니가 없는 나머지, 필터를 거치지 않은 진심이 곧장 뱉어지고야 말았다.

"개소리라니? 개소리라니?! 뭔 말을 고따구로 혀? 이? 나도 대학은 가야 할 거 아녀."

"반에서 37등 하면서 무슨 대학? 애초에 갈 생각이 있긴 있었던 거야??"

"얼라리? 38등 하는 니 조동아리에서 려 나올 말은 아닌 것 같은디?? 엄연히 내가 니보다 위에 있구만."

"훈이는 연극영화과 간대. 얘 예전부터 연예인 되는 게 꿈이었잖아. 마침 내가 가려는 학교에 연극영화과도 있어서 거기 가겠대."

"헐. 성장판 닫히면서 연예인 포기한 거 아니었어??"

"이~??? 아 뭐래는 거여 진짜아~~ 내 성장판이 닫혔다고 누가 그랴? 이? 누가 그랴! 남자는 말여? 군대 가서까지 크는 거여! 알겠어? 내 성장판의 잠재력을 무시하지 말어 인마. 안 그래도 요즘 독일에서 수입해 온 영양제꺼정 꼬박꼬박 먹고 있는디 초 치는 소리허구 자빠졌어 게을러러진 놈이."

"…그럼 얼굴은?"

"…뭐여?"

"독일 영양제가 그 못생긴 얼굴까지 해결해준다든?"

"아 근디 저것이가 오늘 왜이랴 진짜? 이? 니 뭐 사람 승질 못 긁어서 환장한 귀신이 붙은 겨?? 왜 이랴 진짜?? 이? 날도 오지게 더운디 땀 한 바가지 쏟아볼 려? 이? 한판 떠볼

려??"

훈이는 있지도 않은 소매를 걷어 올리는 시늉을 하며 까치발을 들고 달려들었다. 그래봐야 내 턱 끝에 간신히 닿는 머리로 뭘 어쩌겠다고.

"에이, 왜들 그래 또. 하지 마. 하지 마. 훈아 네가 참아. 응?"

준희는 훈이가 무슨 메이워더라도 된다는 듯이 말리고 나섰다. 그러자 훈이는 이번 한 번만 봐준다 싶은 얼굴로 의기양양하게 까치발을 내리고 돌아선다. 진짜 어이가 없네.

훈이가 아침나절에 흘린 땀과 요통의 대가로 받은 치킨 몇 점을 얻어먹고 방으로 돌아와 다시 침대에 누웠다. 건넛방에선 둘이 한참을 재잘거리는가 싶더니 이내 저렴한 피아노 소리가 들려온다. 음악이라고 하긴 좀 그렇고, 제멋대로 건반을 눌러보다 한 번씩 멜로디 비슷한 게 얻어걸리는 정도였음에도 둘은 신세계를 마주한 사람들처럼 희열로 차오른 웃음소리를 냈다. 피아노에서 소리 좀 난 게 저 정도로 기뻐하고 좋아할 일이던가? 참나.

라면에 치킨까지 포만감으로 취한 배를 끌어안고 노곤노곤

잠에 들려던 찰나 핸드폰이 울려왔다.

"뭐허고 있냐?"

아버지였다.

"그냥 누워 있는데요."

"그럼 가게로 좀 와라."

이렇다 할 핑계가 없었기에 나는 곧장 일어나 두 동강 나기 직전인 아슬아슬한 슬리퍼를 질질 끌며 슈퍼로 향했다.

슈퍼는 탁진오거리에 있었다. 탁진리 정중앙이라 동서남북 어디로든 10분 안에 배달이 가능한 최적의 위치였다. 겉모양새는 시골에서 흔히 볼 수 있는 허름한 구멍가게였지만 시장도 마트도 편의점도 없는 탁진리에선 주민들의 먹고사는 문제를 해결해 주는 유일한 상점이었다. 종종 없는 물건을 주문받아 읍내에서 조달해 주기도 했으니, 일종의 만물상점이기도.

픽픽픽픽. 비포장도로를 먼지 휘날리며 3분 정도 걸으니 50미터 앞에 '동원슈퍼'라는 간판이 보이기 시작했다. 20년 전, 아버지께서 파란색 페인트로 손수 쓰셨던 간판은 칠이 벗겨질 대로 벗겨져 나름 빈티지한 멋이 있었다. 슈퍼 이름 '동원'은 아버지의 이름에서 딴 것이었다. 여기에 성까지 붙이면 그 이름도 유명한 강동원이 된다.

언제부턴가 아버지는 공공장소에서 큰 소리로 이름이 불릴 때마다 모두의 주목을 받으셨고, 아버지의 얼굴을 확인한 사람들로부터 에이 뭐야와 같은 원성을 들으셔야만 했다. 좋은 소리도 한두 번인데, 하물며 아무 잘못도 없이 생판 모르는 사람들한테 매번 애꿎은 원성을 듣는다면 얼마나 짜증이 날까.

에잇! 아부지는 진짜 어쩌자고 그 이름을 붙여주셔가지고는. 그럴 거면 잘생기게라도 만들어주시던가 창피해서 원…

술에 고삐가 풀리는 날이면 어김없이 들려오던 아버지의 단골 주정 멘트였다. 46년 전, 할아버지께서 그 이름을 붙여주실 때만 해도 먼 훗날 그 이름이 잘생긴 남자의 대명사가 될 줄 아셨나 어디.

"저 왔어요."

나는 문을 밀고 들어서며 말했다.

"이. 왔어?"

카운터 옆 작은 문으로 연결된 세탁소에서 엄마가 고개만 빼꼼히 내밀고 말했다. 엄마의 머리카락에서 땀이 뚝뚝 떨어지고 있었다. 마치 사우나에서 일부러 땀 빼는 사람인 양. 하긴, 아닐 수가 있나. 이 더위에 선풍기 한 대에 의지해 다림질을 하고 있는데.

"아버지는요?"

"세탁물 수거하러 가셨다. 거기 봉다리 보이지? 그거 홍씨네 배달허구 와."

엄마가 말한 거기. 출입구 쪽 콩나물시루 옆엔 거짓말 조금 보태 행사장 애드벌룬만 한 파란 봉지 두 개가 놓여 있었다.

"두 개 다요?"

"그려. 홍씨네 서울에서 딸네가 내려왔댜. 씨암탉 잡고 있다니까 얼른 갖다주고 와. 어딘지는 알지? 선모사 올라가는 길 쪽에 파란 대문 집."

그 말을 하며 엄마는 손등으로 이마를 쓱 훔쳐냈다. 미처 다 닦이지 못한 땀 한 방울이 다림질하고 있던 셔츠 위로 톡 떨어졌다.

"알아요."

나는 파 줄기가 삐죽 튀어나온 봉지와, 과자가 종류별로 잔뜩 든 봉지를 양손에 나눠 들고 가게를 나섰다.

파란 대문 집은 그리 멀진 않았지만, 언덕이 꽤나 가팔라 제법 숨이 차는 거리였다. 자전거로 왔음 허벅지가 터져나갈 뻔했을 그런 언덕.

활짝 열린 대문 안으로 미취학 꼬맹이 세 명이 풀어놓은 개 두 마리와 소리를 지르며 극성맞게 뛰어놀고 있었고, 주인 아주머니는 딸로 보이는 여자와 함께 한구석에서 큰 솥에 물을 끓이고 있었다.

"저기… 배달 왔는데요."

나는 문가에 어정쩡하게 서서 말했다.

"얼래? 어째 아저씨가 안 오시고?"

아주머니는 앞치마에 젖은 손을 닦으며 나오셨다.

"아버지는 세탁물 수거하러 가셨어요."

"하이고, 방학이라고 부모님 도와드리는 겨? 착허다 착혀! 니가 준희던가?"

"그건 형이구요. 저는 준경이예요."

"아 그럼 니가 그…"

하더니 아차! 싶으셨는지 아주머니는 황급히 손을 입에 갖다 대셨다. 굉장히 민망하고 더불어 미안한 얼굴로. 괜찮아요. 방에서 번개탄 피운 둘째 저 맞아요.

"제가 잔돈을 안 가져와서요. 돈은 나중에 가게 들르시거든 주세요. 장부에 달아놓을게요."

"이 그려그려. 고마워!"

"그럼 안녕히 계세요."

나는 얼른 인사를 하고 돌아섰다.

언덕길을 중간쯤 내려왔을까.

"얘야 둘째야!"

아주머니 목소리가 들렸다. 나는 걸음을 멈추고 돌아봤다. 종종걸음으로 언덕을 내려오신 아주머니는 앞치마 주머니에서 꼬깃꼬깃 접힌 만 원짜리 한 장을 꺼내 내 손에 꼬옥 쥐여 주며 말씀하셨다.

"이거 아줌마가 주는 용돈이여. 맛있는 거 사 먹어! 이?"

슈퍼 집 아들한테 맛있는 거 사 먹으라고 돈을 주다니. 이 근본 없는 상황 앞에 당황한 나는 아주머니 손을 한사코 밀어내며 거절했다.

"아니에요. 괜찮아요. 이러지 마세요."

"어른이 주면 그냥 감사합니다~ 하고 받는 거여! 이? 날도 더운디 여까정 심부름 해준 기 이뻐서 그랴 이뻐서."

아주머니는 더욱 강력한 힘을 구사하며 만 원짜리를 꼿꼿이 내 주먹 속으로 밀어 넣으셨다. "괜찮아요"와 "어른이 주면 받는 거야"의 실랑이가 몇 번 오가다 아무래도 돈을 받기 전엔 안 끝나겠구나 싶어 나는 마지못해 돈을 받았다.

"감사합니다."

"그려! 그래야지! 건강히 오래오래 살어 지금처럼만. 이? 효도라는 기 별거 아닌 겨! 뭔 말인지 알지? 이?"

아주머니는 그 말을 남기시곤 파란 대문 안으로 들어가 버리셨다. 멍하니 서서 눈을 두어 번 깜빡깜빡하고 나서야 내 손바닥에 찰싹 붙어 있는 구겨진 세종대왕이 심부름해서 착하다가 아니라 죽지 말고 살아라라는 의미였다는 걸 깨달았다. 뭔가 죽다 살아난 기념으로 생명수당을 받은 기분이었다. 저 아주머니는 어째서 나에게 돈까지 쥐여줘 가며 살아 있으라고 당부하시는 걸까? 정작 내 이름도 제대로 모르셨으면서. 이렇게 돈까지 받아 가며 살아 있어야 할 만큼 내가 중요하고 대단한 사람이었던가 어디. 꼭 떫은 감을 씹은 듯 텁텁하고 부르르한 기운이 온몸으로 퍼졌다. 으, 이상해. 어찌 되었든 손에 들어온 공돈을 바지 주머니에 찔러넣고 나는 마저 걷는다.

슈퍼를 사이에 두고 맞은편에서 자전거를 탄 아버지가 오고 계셨다. 자전거 뒷자리엔 수거하신 빨랫감이 수북이 쌓여 있었다. 어느 집인지 겨우내 묵혀두었던 두꺼운 이불들을 이제야 꺼내 맡긴 것 같았다. 차라리 겨울에 맡겨서 세탁하고 바로 덮지. 어차피 지금 세탁해도 곧장 장롱으로 들어가 다시 묵을 거 뭐 한다고 한여름에.

벽 하나를 사이에 두고 슈퍼와 붙어 있던 세탁소를 인수한 건 올 초였다. 지난해 겨울, 세탁소 할아버지께서 빙판에 미끄러지는 사고로 갑자기 돌아가시게 되자 혼자 남은 할머니께선 세탁소를 우리 집에 팔아버리시곤 큰아들이 사는 청주로 떠나버리셨다.

탁진리 주민들의 먹고사는 문제에 이어 입고 사는 문제까지. 그러니까 인간 생활의 3대 요소라는 의, 식, 주 중에 무려 의와 식을 아버지가 몽땅 독점한 셈이었다. 이런 독점 시장을 흔히들 카르텔이라고 부르던데. 그럼 나는 그 카르텔의 아들이자 후계자쯤 되는 건가? 흠, 외국 영화 속 카르텔들은 (물론 독점하고 있는 품목은 많이 다르지만) 롤스로이스를 타고 다니며 온몸에서 부티가 철철 흐르던데. 우리는 왜 이렇게 빈티가 나는 걸까...?

"배달 잘 허구 왔냐?"

아버지가 자전거에서 빨랫감을 내리며 말씀하셨다.

"네. 심부름했다고 만 원 주시던데요?"

"누가? 홍씨가?"

"네. 용돈이래요. 맛있는 거 사 먹으래요."

"거참, 애한테 돈을… 감사합니다 했냐?"

"당연하죠."

도대체 아버지는 나를 몇 살쯤으로 보시는 걸까.

"뭐 더 할 거 있어요?"

"아니다 됐다. 고생혔다. 아이스크림이라도 하나 먹으면서
가라."

아버지는 빨랫감을 두 손 가득 안고 세탁소로 들어가셨다.

저렇게까지 바쁘게 일하시는데 왜 우리는.

탁진리 주민들의 생활비 절반이 우리 집으로 들어오는데
왜 우리는.

이토록 변함없이 가난한 걸까.

준희가 평일에 바빠지면서 자연스레 혼자 있는 시간이 많
아졌다. 하루 종일 나를 쫓던 불안한 시선이 사라지고 나니
괜스레 홀가분하기도 하고, 뭔가 엄청난 것에서 해방이라도
된 듯 비로소 자유를 얻은 기분까지 들었으나 그것도 일주일
을 못가 다시 지루하고 심심해졌다. 온종일 침대에서 뒹굴거
리자니 덥고, TV나 끼고 있자니 참 별것도 아닌 거에 미친 듯
이 오버하며 웃고 까무러치는 출연자들의 작위적인 액션이

부담스러웠다. 현실에선 도통 보기 힘든 절세 미녀가 못생긴 척, 뚱뚱한 척, 평범한 척하면서 돈 많은 절세 미남과 미워하다 사랑하다 하는 드라마들도 어딘지 한심해 보여 재미가 없었다. 우리나라에 재벌이 저렇게나 많았던가 싶고, 출생의 비밀 하나쯤 없으면 사람도 아닌가 보다 싶고, 범인 잡으라는 검사와 형사들은 어째서 스스로가 범인이 되는지, 환자들 고치라고 그 긴 세월 공부한 의사들은 어째서 연애질만 해대고 있는지, 기억도 없고 본 적도 없는 전생은 어쩜 저리도 철석같이 믿는지. 모든 부분에서 갖가지 음모가 도사리고 있는 공감대 제로의 판타지 월드는 도무지 이입할 수가 없었다. 정말 사람들은 저 이야기들이 재밌어서 보는 걸까?

준희 말대로 아이돌에라도 빠져볼까 싶었지만, 그 얼굴이 그 얼굴처럼 생긴 이들 사이에서 시간과 열정을 쏟아보고 싶을 만큼 매력적인 이는 찾지 못했다. 그렇다고 사람도 아닌 그림체를 보며 열광하는 것도 내 취향은 아니고, 인생에 아무 짝에도 쓸모없는 컴퓨터 게임 역시 크게 흥미롭지 못했다. 그나마 영화 몇 편 정도는 볼만했다만, 그것도 하루에 두 편 이상 보고 나면 그 내용들이 전부 머릿속에서 뒤엉키는 바람에 다음 날이면 내가 대체 무슨 영화를 본 건지 헷갈려 금세 흥미를 잃고 말았다. 취미 생활 하나 고르는 것도 뭐가 이렇게 어려운 건지 젠장. 차라리 어떻게 죽을까를 고민하는 쪽이 더 흥미로울 것 같았다.

날은 갈수록 더워 선풍기 한 대로는 도무지 해결이 안 나고, 내 창문 가까운 곳 어딘가에 서식하고 있는 매미는 꾸준한 시간대에 꾸준한 데시벨로 꾸준히 나를 괴롭히는 데 여념이 없었다.

탈출이 필요했다. 살인적인 더위와 미친 매미에게서.

집을 떠나야 한다. 근데 어디로?

일단 온종일 에어컨이 돌아가는 곳으로. 또한, 매미도 모기도 없는 조용한 곳으로.

그렇다면 은행은 어때?

내가 무슨 노인네야? 게다가 은행은 오후 4시면 칼같이 닫아서 안 돼.

그렇다면 읍내에 있는 커피숍은?

일단 거긴 시끄러워. 수다 소리에 음악 소리에. 몇천 원의 자릿세도 매일 내긴 너무 아깝지.

그렇다면 도서관은 어때?

온종일 에어컨이 돌아가니 서늘한 온도가 유지되고, 조용

하고, 누가 뭘 하든 신경 쓰지 않고 각자 할 일만 하는 사람들로 채워진 무료 공간.

그래, 어쩔 수가 없구나. 도서관으로 가야겠어.

도서관은 최적의 장소였다. 예상대로 시원했고, 생각보단 사람이 없었으며, 여기가 천국인가 싶을 정도로 조용했다. 진즉에 좀 와볼걸.

자리에 앉기 전에 나는 문학 코너를 기웃거렸다. 딱히 책을 읽을 생각은 없었으나 책상 하나를 차지하기 위해선 그럴듯한 명분이 필요했다. 엎드려 자더라도 책 한 권 정도는 놓여 있어야 할 것 같았으니까.

『인간 실격』

청소년을 위한 세계명작선이 진열된 칸에서 내가 고른 제목이었다. 『노인과 바다』보단 괜히 있어 보였고 『댈러웨이 부인』보단 재밌어 보였다.

손으로 턱을 괴고 있는 사내의 일그러진 얼굴이 담긴 표지에 끌렸는지도 모르겠다. 어딘지 괴롭고 상실감으로 가득한. 염세의 그늘로 뒤덮인 그 얼굴이 작가 본인의 얼굴이었다는 걸 알게 된 건 무려 세 시간이나 지나고 난 뒤였다. 잘 때 자더라도 예의상 한두 장 정도는 넘겨주자 하는 마음으로 첫 장을 열었다가 마지막 장까지 꼼짝없이 묶이고만. 마법 같은 흡인력으로, 내가 활자로 이루어진 무언가에 이토록 집중할 수도 있다는 뜻밖의 재능을 일깨워 준 기적의 세 시간이 지나고 나서야.

다자이 오사무.

교과서를 제외하곤 책이라 불리는 물건은 취급해 본 적이 없었던 내겐 너무나도 낯선 이름이었다. 쌩떽인지 생텍인지로 시작하는 이름보단 발음하기 쉽고, 가브리엘인지 가르시아인지로 시작하는 열두 자의 긴긴 이름보단 기억하기 편하겠구나 생각했던 이름이 이토록 위대했을 줄이야.

『인간 실격』은 이 쉽고 위대한 이름을 가진 작가가 죽기 전 마지막으로 완성한 소설이라고 했다. 물론 그 이후에『굿바이』라는 유작이 있었지만 그건 미완이었기에.

아무튼,『인간 실격』은 요조라는 남자의 수기를 바탕으로 쓰였다는 설정을 갖고 가는 소설이었지만 다섯 번째 시도 끝에 결국 자살에 성공했다는 작가의 인생사로 보아 이 소설은 결국 작가 본인의 회고록인 듯했다.

매우 흥미로운 인생이다. 그 어느 픽션보다도 구미가 당기는 인생. 다자이 오사무는 왜 그토록 죽으려 했을까? 그도 나처럼, 사는 건 아무 의미가 없다고 생각했던 걸까? 나도 그와 같이 앞으로 네 번의 시도를 더 해야 비로소 죽을 수 있게 될까? 좀 전에 알게 된 사람을 보며 우리의 인생이 평행이론 같다고 생각한다면 그건 너무 지나친 이입이겠지만 모쪼록 흥미로운 인생이다. 아무 정보도 없는 상태에서 그의 책을 꺼내 든 것이 마냥 우연은 아니었겠지.

기왕 이렇게 된 거 나는 다자이 오사무의 책들을 좀 더 읽어보기로 했다. 그리고 그와 연관 검색어로 빠지지 않고 등장하는 미시마 유키오, 가와바타 야스나리, 아쿠타가와 류노스케까지. 줄줄이 사탕으로 엮어 모조리 읽어보기로 했다. 그 말인즉슨, 드디어 나에게도 취미라는 것이 생겼다는 뜻이다. 정말 생각지도 못하게, 어울리지도 않게, 그것이 독서가 될 줄은 몰랐지만.

근데 일본 작가들의 마지막은 왜 모두 자살인 걸까? 꼭, 그런 끝을 남겨야만 위대한 이름으로 기록될 수 있다는 그들만의 신념이라도 있었던 걸까 아니면, 너도나도 위대했기에 그런 끝을 맺게 된 걸까? 감히 그 누구도 내 인생의 끝을 함부로 정할 순 없다. 그것이 무려 조물주라도. 이런 신념이 그 시절 그들 사이에 유행처럼 퍼졌던 걸까? 문득 궁금해진다. 내가 유일하게 알고 있는 일본 작가 무라카미 하루키의 인생은 과연 어떤 끝을 맺게 될지.

집으로 돌아가는 길에 우기삼거리에서 준희, 훈이와 마주쳤다.

"어디 갔다 와?"

집이 아닌 밖에서 나를 만난 준희는 적잖이 놀란 얼굴로 물었다.

"도서관."

"뭐여? 어디? 도서관? 니가??"

이번엔 훈이 눈이 동그랗게 커진다.

"그래 도서관. 집에만 있으려니 덥기도 하고. 매미 때문에 시끄럽기도 하고. 그래서 나왔어."

"얼씨구? 겁내 뜬금없다잉. 하필 가도 도서관이냐. 안 어울리게시리."

"가서 뭐했는데?"

"도서관에서 뭘 했겠어. 책 읽었지."

"푸하하하하하하하."

훈이는 말도 안 된다는 듯 배까지 부여잡으며 나를 있는 힘껏 비웃었다. 참나, 믿기 싫으면 말아라. 이 난쟁이 똥자루야.

"뭐 읽었는데?"

"인간 실격."

"다자이 오사무?"

역시 준희는 모르는 게 없다.

"하필 읽어도 그런 걸. 차라리 『앵무새 죽이기』나 『데미안』 같은 책을 읽지. 왜 자살한 작가 책을 읽냐?"

그냥 끌리는 대로 읽었을 뿐이야. 마음이 끌리는 대로. 손이 끌리는 대로. 운명이 끌리는 대로.

스스로 목숨 줄을 끊어낸 일본 작가들의 필력은 실로 어마어마했다. 그들이 자살을 함으로써 위대해진 것이 아니라, 위대했기에 자살을 한 것임을 나는 인정할 수밖에 없었다. 처음부터 모든 게 범상치 않은 위인들이었던 거지. 죽음을 두려워하는 흔해빠진 보통의 인간들과는 뇌 구조부터가 다른 인간들.

그들의 문학에 심취할수록 나는 다시금 죽고 싶어 안달이 나기 시작했다. 책 한 장 한 장을 넘길 때마다 내 손을 벌벌 떨게 만드는 위대한 인간들과 같은 길을 걷고 싶다는 욕망이 내 안에서 활개를 치고 있었다. 그런 말도 있지 않나? 모든 작품은 엔딩이 훌륭하면 과정이 어땠건 간에 결국 훌륭한 작품으로 기억된다는 말. 그만큼 끝이 중요하다는 걸 강조하기 위해 나온 말인지, 끝만 완벽하면 과정 정도는 허술해도 괜찮다는 결과 중심주의를 꼬집기 위해 나온 말인지는 모르겠으나, 내가 살아온 역사가 어땠건 간에 결국 끝이 자살일 수만 있다면 뇌 구조부터가 다른 그 위대한 인간들과 같은 부류의 인간이었다고 기억될 수 있을 것 같았다. 당장에라도 손목을 끊어내고 싶은 충동이 들었지만 나는 일단 참기로 한다. 지금부터 죽기에는 내가 읽고 싶은 책이 너무 많았기 때문에. 다자이 오사무, 미시마 유키오, 가와바타 야스나리, 아쿠타가와 류노스케, 어니스트 헤밍웨이, 버지니아 울프, 로맹 가리, 잭 런던, 슈테판 츠바이크 등. 스스로의 목을 잘라낸 작가들이 어찌나 많은지, 정녕 자살은 위대한 자들의 신념과도 같은 것이던가? 아무쪼록 이들의 존재는 내겐 축제였다. 하지만 매일 그들의 책만 끼고 살 순 없었다. 그랬다간 눈치 빠른 준희 녀석한테 걸려 피자가게로 피아노 학원으로 또 줄창 끌려다닐지도 모를 일이었으니. 나는 중간중간 마크 트웨인과 헤르만 헤세의 책을 섞어 읽으며 준희의 기준에서 불온서적으로 분류되는 그 위대한 책들을 지켜내야 했다.

내가 독서에 빠져 있는 동안 준희의 피아노 실력도 일취월 장하고 있었다. 학원을 다닌 지 2주 만에 바이엘 상권을 뗐다 며 자랑을 하는데, 그게 얼마나 대단한 건지는 모르겠지만 아무튼 간간이 문지방을 타고 들려오는 피아노 소리를 들어 보면 하루가 다르게 음악이 다채로워지고 있음을 느낄 수 있 었다. 얼씨구, 저 선비한테 저런 재능도 있었네? 싶을 만큼.

연기학원을 다니느라 한동안 우리 집에 발길을 하지 않았 던 훈이가 오랜만에 방문한 날이었다.

"토요일인데 학원 안 갔냐?"

라면이나 끓여 먹을까 싶어 방을 나오다 마주친 훈이에게 물었다.

"오늘은 숙제로 대신하는 날이여."

수업료도 비싸게 받으면서 날로 먹는 학원이네 싶었다.

"얌마! 너도 안 바쁘면 준희 방으로 좀 건너와. 와서 나 좀 도와봐."

"도와달라는 말을 뭐 이렇게 건방진 톤으로 하냐? 공손하 게 해봐."

"치킨 왔는디?"

훈이는 손에 들고 있던 치킨을 들어 보이며 말했다.

나는 주방으로 향하던 발길을 곧장 돌려 훈이를 따라 준희 방으로 갔다. 원래 침대가 있던 공간을 비우고 안젤라 윤 포스터가 붙어있던 벽을 하얀 전지로 가려놓은 상태였다.

"뭐야 이게 다?"

"내 숙제. 희로애락을 표현한 연기 동영상 만들어서 오늘 밤까지 학원 카페에 올려야 햐. 긍께 도와줘."

준희는 흰 벽 앞으로 설치된 카메라를 신기한 눈으로 구경 중에 있었다. 그 카메라는 한눈에 봐도 고가의 장비였다. 족히 몇백만 원은 할.

"이걸로 영화도 찍는다지?"

준희가 말했다.

"어디 영화뿐이었어? 드라마도 찍고 예능도 찍고 다 찍는 겨."

"이걸 진짜 아버지가 사주셨다고?"

"그랴. 나 대학 못 가면 진짜 큰일 나는 겨."

훈이는 걱정이 늘어진 사람마냥 말했지만, 그 속엔 살짝 우쭐하는 느낌도 섞여 있었다. 그래, 좋겠다 이 금수저야.

치킨을 뜯으며 훈이는 설명했다. 각각의 동영상은 테마당 2분

안에 표현해야 하며 반드시 눈물 연기가 포함되어 있어야 한다는 거였다. 훈이의 얘기만 들으면 연기 학원에서 꽤나 재밌는 걸 많이 하는 것 같았다. 훈이는 시종일관 흥분에 찬 목소리로 끊임없이 말을 뱉었다.

"우리 반에 새로 들어 온 여자애가 하나 있는디, 이름이 하율리라고."

"오, 이름부터가 벌써 연예인인데?"

훈이쇼의 열혈 시청자였던 준희는 프로 방청객 같은 리액션을 해준다.

"그지? 이름부터 벌써 스타의 기운을 풍기지 않냐? 얼굴도 겁나 이뻐! 고1인디 작년에 SM 오디션 3차까지 갔댜."

"와 진짜? 대박! 근데 최종에서 왜 떨어졌대?"

"몰러 거까진. 갸는 사람들하고 말도 안 혀. 도도허기가 이루 말할 수가 없대니까? 언제 한번 영화라도 보자고 허고 싶은디, 될라나?"

"픕, 되겠냐?"

속마음이 또 속절없이 터졌다.

"어이. 강준경이. 또 시작허는 겨? 이?"

나는 치킨으로 간신히 입을 틀어막고 훈이에게 계속 떠들라는 제스처를 취했다. 그래, 나는 닭이나 먹을 테니 너는 계속 꿈을 꾸렴.

"지난번 수업 때는 나랑 상대역도 했다는 거 아녀."

"뭐 했는데?"

"건축학개론! 내가 이제훈이고 걔가 수지였잖여. 와, 그냥 얼굴만 보고 서 있었는데도 기억의 습작이 들리는 것 같더라니께!"

"대박! 좋았겠다."

"아휴 더 말해 뭐 혀. 심장 터지는 줄 알었어."

훈이는 정장을 차려입고 인터넷에서 본 대로 약간의 메이크업과 머리 손질까지 끝낸 뒤 카메라 앞에 섰다. 나랑 준희는 그 앞에서 레코드 버튼을 누르고 훈이 얼굴이 빛나도록 반사판을 들어주면 되는 거였다. 카메라 모니터로 비치는 훈이는 여전히 못생겼다. 비싼 카메라로도 커버가 안 되는 얼굴이란 소리다. 이를 어째.

"자! 간다잉? 녹화 버튼 누르고 손짓으로 신호 줘. 오케이?"

"알았다."

훈이는 흡흡 아아 히히 푸르르르 별 희한한 소리를 다 내며 준비 동작을 마쳤다.

나는 녹화 버튼을 눌렀고, 준희는 하얀색 우드락을 훈이 얼굴로 비췄다. 1초 동안의 정적이 흘렀다. 참나, 이게 뭐라고 떨려.

내 손짓에 따라 훈이의 연기가 시작됐다.

"꼭, 꼭 그렇게, 다 가져가야만 속이 후련했냐?!!"

세상에나. 정장 입을 때 알아챘어야 했는데.

훈이는 아주 못생긴 얼굴에 진지한 눈빛을 장착한 채, 멋과 감정선이 동시에 폭발하는 그 유명한 대사를 하고 있었다. 웬만한 남자 아이돌들이 TV에 나와서 한 번씩은 다 재연했던 그 장면을. 왜 하필 골라도 저렇게 안 어울리는 대사를 골랐을까 싶었지만, 어쩐 일인지 웃을 수가 없었다. 연기를 하고 있는 훈이가 너무 진지했고 열의가 넘쳤기에. 꿈을 꾸고 있는 자를 함부로 비웃으면 안 된다는 아주 이성적인 생각이 머릿속을 지배했다. 어쩌면 내가 생각했던 것보다 훨씬 연기를 잘하고 있어서 놀란 건지도 모르겠다. 비록 훈이는 작고 못생긴 배우 지망생에 불과한 존재였지만, 그 순간의 눈빛만큼은 최민식이고 이병헌이었다. 꿈을 위해 노력한다는 것이 저토록

경이로운 일이었던가? 그래, 연기를 하는 그 순간만큼은 너도 빛이 나는구나. 모골이 송연해지는 묘한 순간이다.

우린 저마다 미처 알지 못했던 새로운 재능을 발견해 나가고 있었다. 그것은 열여덟 인생이 할 수 있는 가장 의미 있는 일이었으며, 그 나이에 누릴 수 있는 가장 평화로운 일상이었다.

7월의 마지막 주.

8월을 관통하는 긴 장마와 함께 역대급 태풍 두 개가 연이어 올 거라는 예보가 있었다. 벽초는 내륙 지방임에도 불구하고 울릉도와 맞먹는 강수량을 기록하는 곳이었다. 기습적인 소나기도, 장기간 비가 쉬지 않고 내리는 우기도, 한 번쯤은 비껴갈 법한 태풍도, 뭐 하나 빠지지 않고 제 몫을 다하고 사라졌었다. 그 결과, 몇백 년 전 무려 두 달이란 기록적인 우기가 작은 마을 하나를 집어삼키며 휩쓸고 간 자리엔 지금의 우기천이 생겨났고, 매년 전국에서 가장 많은 익사 사고와 수재민을 만든다는 불명예 타이틀도 얻게 되었다. 그렇기에 오늘처럼 태풍이나 비 예보가 있는 날이면 이 지역 일대엔 어김없이 전운이 감돌았다.

이 시기에 가장 바쁜 사람은 단연 아버지였다. 아버지는 마을에서 (그나마) 젊은 어른들로 구성된 청년회 아저씨들과 함께 본격적인 장마가 시작되기 전, 우기천 일대 뚝방길과 배수로 청소 및 집집마다 전기 배선이나 누수 여부 등을 점검하고 손보는 지역 봉사와 함께, 태풍이 예보된 근 일주일 치의 식료품과 비상 물품 등을 미리미리 배달하는 슈퍼 일을 동시에 하셔야 했다. 장마가 시작되면 마을 사람들이 집 밖으로 나오지 않는 건 물론, 우리 슈퍼도 문을 닫기 때문이었다.

나는 아버지가 지역 봉사를 하시는 동안 배달을 다녔고, 없는 물품을 조달하기 위해 읍내의 시장을 여러 번 다녀왔다. 그리고 심상치 않은 비구름이 모습을 드러내던 날, 도서관으로 달려가 네댓 권의 책을 빌려왔다. 장마를 대처하는 나만의 방식이었다. 내가 그 기간을 견뎌낼 수 있는 유일한 힘은 책이었으니까.

준희네 피자가게와 피아노 학원도 장마 기간에는 휴무였다. 그 기간 동안 준희는 피아노 연습을 열심히 해서 나름의 진도를 뽑을 거라고 했다. 동요 책을 서둘러 마스터하고 소나티네로 넘어가겠다나 뭐라나. 소나티네가 뭔지는 모르겠다만 아무튼 열심히 해보렴. 하다 보면 할 테지 뭐. 나는 가와바타 야스나리를 정복하련다.

그날 밤부터 내리기 시작한 비는 3일간을 지치지도 않고 내렸다. 정말 드세기 짝이 없는 형국이었다. 온종일 우중충한 잿빛 하늘은 좀처럼 시간대를 가늠할 수 없을 정도로 우울했다. 멀쩡한 사람도 우울증에 걸릴 것 같은 날들 안에서 나는 『설국』을 읽었다. 창문을 세차게 때리는 빗소리를 들으며 나는 눈으로 뒤덮인 그 고장을 상상했다. 상상력의 경계를 허무는 것만큼 짜릿한 건 없다고 여기며.

『설국』이란 소설의 분량 자체는 그리 길지 않았다. 기껏해야 세 시간 정도면 충분히 읽고도 남을 분량이었음에도 며칠씩이나 이 책을 붙잡고 있었던 건 도무지 한 번 읽어서는 주인공들의 심리를 온전히 이해하기가 어려웠기 때문이었다.

기녀 고마코를 만나기 위해 설국으로 가는 기차 안에서 병든 남자 유키오의 수발을 들고 있는 요코에게 야릇한 감정을 느끼게 되는 시마무라의 심리는 무엇인지, 유키오는 어째서 죽는 순간에 자신의 병수발을 들어준 요코가 아닌 고마코의 이름을 부르며 숨을 거둔 것인지. 세 번이나 다시 읽었음에도 내겐 그들의 심리 상태에 대한 이해보단 설국이 주는 아름다운 이미지만이 그저 떠오를 뿐이었다. 이것은 사랑을 해보지 않은 애송이의 비애일까, 인격과 사상의 성장이 아직 진행 중인 불완전한 존재는 차마 닿지 못하는 미지의 영역일까. 그 생각으로 또 하루가 지나갔다. 내가 스물여덟 살 정도가 되면 그땐 그들을 온전히 이해할 수 있을까? 그러려면 나는 죽지 않고 스물여덟까지 버텨내야 할 텐데. 그들을 온전히 이해할 수 있게 된다는 보장만 있다면 나는 버텨볼 의향도 있었다.

비가 퍼부은 지 5일. 기어이 우기천은 범람했고, 탁진교가 통제되면서 탁진리는 고립되고 말았다.

고립. 다른 사람과 어울리어 사귀지 아니하거나 도움을 받지 못하여 외톨이로 됨, 이라는 뜻의 명사.

아무것도 못 할 수도, 혹은 무슨 일이든 다 할 수도 있는 비밀스럽고 음침한 그 단어에 나는 유독 매력을 느꼈다. 이상하게 끌렸다. 통제와 일탈이 동시에 이루어질 것 같은 그 고립의 시기 때문에 나는 일 년 중 여름을 가장 좋아했다. 여름 안에 또 다른 여름. 나는 그걸 고립의 계절이라 불렀다.

졸지에 섬이 되어버린 낡은 마을. 범람한 하천이 언제 우리 집을 삼킬지 모른다는 두려움. 금방이라도 나갈 듯 불안하게 깜빡이는 전구. 그치지 않는 비. 쏜살같이 찾아오는 어둠. 꼭 재난 스릴러 영화 속 한 장면을 재현해 놓은 듯한 풍경은 언제 겪어도 늘 짜릿했다. 일 년에 몇 번 못 느껴보는 스릴과 희열이었다. 그리고 오후, 이 분위기를 극적으로 끌어올리는 사건이 발생한다.

최초의 발견자는 아랫집 아주머니였다. 종종 범람한 하천에 집이 잠기곤 했던 터라 걱정이 되셨던 아주머니는 바깥 상황을 살피기 위해 대문 밖을 나오셨다고 했다. 탁진교를 덮치며 흘러가는 우기천이 심상치 않다고 생각하던 찰나, 그 아이가 나타났다고 했다. 출입이 통제된 탁진교 위에 다 해진 거적때기마냥 널브러진 채로.

"아휴, 처음엔 물미역인 줄 알았어. 날은 흐리지, 흙탕물은 계속 넘어오지 멀리서 흐릿허게만 보니께 나는 웬 물미역이 떨어져 있나 했대니까는? 그래, 자세히 한참을 본께 그것이 사람 머리가 아니겄어? 아휴, 시상에 이게 뭔 일이여 아휴, 혜라 아부지…"

돌계단으로 쿵 떨어진 심장을 간신히 주워들고 우리 집으로 오신 아주머니는 손과 발을 동동 구르며 말씀하셨다. 18년째 그 아주머니 얼굴을 봤음에도 그토록 사색이 된 낯빛은 처음이었다.

"아이고 언니, 여기 냉수 한 사발 들이키시고 진정 좀 하셔

봐! 지금 애들 아빠가 경찰이랑 통화 중이니까 금방 해결이
날 껴!"

엄마는 일부러 얼음까지 동동 띄운 물 잔을 아주머니께 내
밀며 진정을 시키려 애를 쓰셨다.

"아휴, 아부지… 헤라 아부지, 아이고 헤라야…"

아주머니는 8년 전에 돌아가신 아저씨와 3년 전에 공주로
시집간 헤라 누나를 번갈아 찾으셨다. 아무래도 정신이 서서
히 나가고 계신 듯했다.

"아니 시체가 있대는데 그걸 어쩝니까, 그럼! 저러다 도로
떠내려가거나 다른 사람이 발견해서 또 까무러치게 두란 말
이요 지금?… 아 글씨, 이 마을엔 장의사도 없어서 시체를 만
질 수 있는 사람이 없다니까 그르네 거참! 아 어떻게 죽은 건
지 알지도 못하는데 함부로 만졌다가 뭔 이상한 오해라도 살
라고! 저게 살인사건 피해자라도 되면 어쩔라 그럽니까? 예?
하, 나 거참…"

거실 한 편에서 경찰이랑 통화 중이던 아버지는 한층 격앙
된 톤으로 전화를 끊으셨다.

"뭐래요?"

엄마가 물었다.

"아니, 지금 길이 통제가 돼가지고 경찰이고 소방서고 다 못 온댜."

"어머나 그런 게 어딨어요? 이 언니 지금 병원 안 가면 씨러 질 것 같은디."

"아 낸들 어쩌겄어. 저 짝에 흑운산 쪽에 산사태가 나가지 고 벽초IC께가 길이 막혔댜. 그래 죄다 거기 투입돼서 나올 인력이 없다는디."

"하여간에 거기는! 어휴… 멀쩡했던 산 죄다 깎아내고 학 교를 짓게 냅두는 게 아니었는디! 그래서 어쩌래요? 뭐라 뭐 라 길게 통화하더만."

"일단 시체는 우리가 좀 안전한 데로 옮겨보라는디? 떠내 려가지만 말게 말여."

"어머나 소름 끼쳐! 그걸 누구더러 하래는 거예요, 지금."

휴우. 아버지는 심란한 얼굴로 한숨을 길게 쉬셨다. 말이 안 되는 건 알지만 당장에 다른 방법이 없는 것도 사실이었다.

아버지는 잠시 고민을 하는가 싶더니 이내 어디론가 전화 를 거셨다.

"이, 성님? 나요. 저기 말여. 지금 바쁘셔? 어떠셔?… 이, 아 니 말여. 탁진교에 일났어 지금."

아버지는 몇 번의 통화 끝에 나름의 팀을 꾸리신 것 같았다.

"준희 준경이도 우비 챙겨 입고 나와라."

"저희도 가요?"

최대한 자제한다고 했지만 내가 들어도 내 목소리엔 어지간한 흥분이 묻어나고 있었다.

"어쩌겠냐. 손이 부족헌디."

"넵!"

나는 날다시피 계단을 뛰어올라 곧장 방으로 들어가 빛의 속도로 우의를 꺼내왔다. 연우 삼촌이 임관 기념으로 사줬던 질은 카키색의 군용 우의였다. 나중에 삼촌만큼 커지면 입어야지,라며 보관하고 있었던 그 우의를 10년 만에 개시하는 순간이었다.

세쌍둥이 마냥 똑같은 우의에 무릎까지 오는 장화를 신은 아버지와 우리는 슈퍼로 향했다. 다량의 고무장갑과 밧줄 등을 챙기기 위함이었다.

"신나냐?"

준희가 눈썹을 찡그리며 물었다. 나도 모르게 콧노래를 흥얼거렸나 보다.

"…조금?"

그래도 사람이 죽었다는데 완전 신난다고 말해버리면 나를 아주 사이코패스로 볼까 봐 최대한 마음을 눌러 내리며 대답했다.

"시체가 떠내려왔는데 뭐가 그렇게 신나? 사람 죽은 게 너는 그렇게 신나냐?"

나는 지금의 기분을 좀 더 정확히 이해시켜 줄 필요성을 느낀다.

"사람이 죽어서가 아니라 그냥 이 상황이 신나는 거야. 통제된 구역을 침범한 낯선 시체의 등장이라는 이 상황이. 고립이 주는 매력이랄까?"

"요새 책 좀 읽는 것 같더니 상상력이 엉뚱한 방향으로 튀고 있네."

준희는 한숨과 함께 고개를 절레절레 흔들었다. 짧게 혀끝도 찬 것 같았다. 쯧,어리긴. 이런 느낌 정도?

슈퍼 앞에는 아버지한테 전화를 받으셨던 탁진리 청년회 소속 아저씨 다섯 분이 나와 계셨다. 아저씨들은 우릴 보자마자 너도나도 어떻게 된 일이냐고 물어대셨다. 분명 아버지와 통화할 때 다 들으셨을 건데 괜히 한 번 더 확인하고 싶으신 것 같았다.

"아 글씨, 헤라 엄마가 사색이 돼선 우리 집으로 뛰쳐 들어오는 거여. 막 손도 그냥 바들바들 떨어가매. 탁진교 중간에 웬 시체가 있는 것 같담서 말여. 그래가지고 내가 거실 창으로 보니께 아 진짜로 탁진교에 여자 시체 같은 기 엎드려 누워 있지 않겠어?"

"그럼 뭐여? 가까이서 확인해본 건 안즉 아닌 겨?"

"아오, 이 사람아. 지금 탁진교에 혼자 갔다간 쌍둥이 엄마 곧장 과부되는 겨."

"그라믄 시체가 아닐 수도 있겠네?"

"그건 아녀. 보는 순간 등골이 쎄해지는 기 맞긴 맞는 것 같더라고."

"그래서 우리가 뭘 어째야 쓰는 겨? 경찰이랑 통화했담서! 뭐랴?"

"뭘 뭐랴. 그짝은 당장은 못 온다지. 경찰이고 소방관이고 죄다 벽초IC가 있댜. 그러니까 시체인지 눈으로 직접 확인해보고 다시 연락을 달라는 거지."

"그랴. 여 서서 더 말해 뭐 허겠어. 일단 가보드라고!"

"기둘리봐. 갈 때 가더라도 장비는 챙겨야 헌께."

누구랄 것도 없는 대화가 숨 가쁘게 오가고.

아버지와 다섯 분의 아저씨와 나와 준희까지 총 여덟 사람은 일제히 고무장갑을 손에 끼고 헤드 랜턴을 머리에 쓰며 탁진교로 향했다. 겨우 4시 정도 됐을 뿐인데 하늘은 벌써 어둑어둑했다. 슈퍼에서 탁진교까지 10분도 안 되는 길을 오는 동안에도 하늘은 등골이 오싹해질 정도로 시커메지고 있었다. 먹구름이 빠른 속도로 몰려오고 있다는 뜻이었다.

우리 집 대문을 지나 헤라 누나네 집으로 가는 돌계단을 내려가니 서서히 탁진교와 시체로 보이는 무언가의 형태가 드러나기 시작했다. 그것은 아주머니의 표현대로 물미역처럼 길고 까맣게 늘어진 채, 밀려드는 물살에 치여 이리 뒹굴 저리 뒹굴 하면서 다리 난간에 사정없이 부딪히고 있었다. 높이 30센티미터도 채 안 되는 납작한 돌덩어리가 무슨 난간 역할을 한다고 듬성듬성 이렇게나 볼품없이 설치를 해놨을까 매번 의구심이 들었는데, 오늘에서야 저 난간의 역할을 제대로 확인할 수 있었다. 그것도 가장 극단적인 방법으로.

우리는 굵은 로프로 1미터씩 간격을 두고 서로의 몸을 묶었다. 맨 선두에 서서 종이 쪼가리인 양 흩날리고 있는 시체를 뚝방으로 데리고 나올 두 사람을 제외하고 나머지 사람들은 선발대가 물살에 떠내려가지 않도록 버팀목 역할을 하기로 했다.

"선발대는 누가 갈 려?"

대식이 아저씨가 말씀하셨다.

"제가 갈게요!"

나는 손을 번쩍 들었다.

"안 돼! 너들은 그냥 버팀목이여."

아버지는 대번에 반대하셨다. 하긴, 죽으려 했던 아들과 그 아들을 구해낸 아들에게 시체 운반 같은 경험을 시키고 싶진 않으셨을 테지.

"일단 내가 할게. 한 명만 더 붙어봐."

두 아들을 보호하셔야 했던 아버지께선 자원하고 나섰다.

"그라믄 나머지는 나가 허지 뭐. 귀신 잡는 해병대 출신인 디! 30년 전에 다녀왔어도 한 번 해병대는 영원한 해병대 아니겄어?"

상석 아저씨는 가장 적절한 순간에 해병대 부심을 부리며 나오셨다.

"그려! 조심들 혀. 우리만 믿고!"

우리는 가장 연장자셨던 만수 아저씨의 지휘에 따라 작전을 진행했다. 로프의 마지막을 하천 옆 느티나무에 묶고 우린 동시에 힘을 주었다. 바람과 물살이 어찌나 세던지, 아버지와 상석 아저씨가 한 걸음 한 걸음 내디딜 때마다 허벅지가 바짝 쪼그라드는 느낌이었다. 두 분께서 우기천 파도라도 맞는 순간엔 여덟 남자가 단체로 휘청할 정도였다. 나는 슬슬 이 작업이 무서워지기 시작했다. 신나서 콧노래 부르던 패기는 다 어디 가고 손끝이 쩌릿쩌릿 떨려오고 있었다.

이윽고 아버지와 상석 아저씨는 시체와 마주하셨다. 혹시라도 이것이 시체가 아닌 아주 큰 인형이거나 천 쪼가리가 뭉쳐진 대형 쓰레기거나 하다못해 마네킹일 수도 있을 거란 일말의 기대감이 무너져 내리는 순간, 두 다리가 바람에 나부끼며 힘을 잃고 주저앉으신 아버지와, 점심에 드신 육개장을 그대로 우기천에 게워내는 상석 아저씨는 본인들이 마주한 그것이 장마철에 겪을 수 있는 흔한 해프닝 정도로 끝날 일이 아니었음을 몸소 보여주셨다. 사태 파악이 끝난 다른 아저씨들도 "아이고, 진짠가 보네, 진짜 시체였구먼."을 연발하시며 발을 동동 구르셨다.

"괜찮아?"

내 앞에서 버티고 있던 준희가 돌아보며 물었다. 이미 내 얼굴에 웃음기는 떠밀려가고 없었다.

"내가 아버지한테 가볼게. 줄 잘 잡고 있어. 알았지?"

준희는 자신의 몸에 묶여 있던 로프를 풀어내며 말했다.

"조, 조심해!!"

차마 같이 가자는 말까진 선뜻 나오지 않았던 나의, 비겁하지만 최선이었던 대답.

준희는 아버지와 만수 아저씨 사이에 연결된 로프를 잡고 앞으로 나아갔다. 그리곤 정신이 반쯤 나가신 아버지를 일으켜 세운 뒤, 상석 아저씨와 함께 시체를 들고 서둘러 뚝방으로 빠져나와 로프를 매어둔 느티나무 아래, 미리 깔아놓은 하우스 비닐 위로 옮겼다. 허리까지 떨어지는 치렁치렁한 머리카락이 걷어지고 허여멀건한 얼굴이 비로소 드러나던 그때, 나는 말했다.

"나 애 본 적 있어."

온몸에 소름이 비늘처럼 돋아나는 순간이었다.

『나생문』이었다. 이미 두 권은 관외 대출 중이었고, 자료실에 하나 남은 『나생문』을 몇 걸음 차이로 나는 그 아이에게 뺏기고 말았다.

"뒤 칸에 가면 『라쇼몽』 있어요."

아쉬워하는 내 표정을 봤는지, 인터셉트하는 과정이 다소 치졸했던 것을 느꼈는지 그 아이가 말했다.

"웬『라쇼몽』? 저는『나생문』을 읽으려던 건데요?"

촘촘하지 못한 가방끈은 언제 어디서 불시에 들통날지 모르는 법. 나는 도서관에서 할 수 있는 가장 무식한 말을 그 아이 앞에서 내뱉었었다.

"『라쇼몽』이『나생문』이잖아."

그 아이는 참을 수 없이 역겹다는 표정을 지으며 말했다. 대뜸, 반말로, 하대하듯.

"그쪽한테는 굳이 이 책이어야 할 필요가 없어 보이니까 나한테 양보해. 나는 반드시 이 책을 읽어야 하니까."

뭐 이런 게 다 있지?라는 생각이 끝나기도 전에 그 아이는 내게서 뺏은『나생문』을 전리품처럼 끌어안고 도도한 걸음으로 가버렸었다.

그 거만하기 짝이 없는 얼굴. 일평생 사람을 발밑에만 두고 살았을 법한 도도한 기운을 온몸으로 뿜어대던 너는 왜 이렇게 참담하게 죽어 있는 거니? 불쌍하지도 않게.

"벽초고 교복을 입고 있었어요. 정확한 나이나 이름은 모르구요. 지난주에 도서관에서 『나생문』을 빌려 갔었어요."

혼이 반쯤 나간 아버지를 대신해 준희가 담당 경찰에게 전화를 걸었다. 시체가 맞는지 확인이 되면 연락을 달라던 경찰관은 신호음이 끊어질 때쯤에 가서야 전화를 받았다. 수화기 너머로 들려오는 목소리의 다급함으로 보아, 그곳 상황도 보통은 아닌 듯 보였다. 허나, 시체를 앞두고 있는 우리만 할까.

"시체가 맞아요. 여자구요. 제 동생이 본 적 있는 애라는데 벽초고 학생인 것 같아요. 어떡할까요? 지금 바로 오실 수 있으세요? ……"

준희의 침묵이 길어지고 있었다. 상대편에서 말이 많아지고 있는 것 같았다. 한참이 지나서야 준희가 다시 대답을 했다.

"네. 앞에 있어요. 음… 교복은 아니구요. 그냥 남색 반팔티에 레깅스 같은 걸 입었어요. 검은색 발목까지 오는 걸로."

준희는 차분히 시체를 살피며 설명을 했다.

"피요? 음, 옷 색깔이 어두워서 잘 모르겠는데… 얼굴만 봤을 땐 피를 흘린 흔적은 없는 것 같아요. 그냥 창백해 보여요. 제가 감히 만져볼 순 없잖아요. 그냥 빨리 좀 와주시면 안 돼요? 탁진교 끝 뚝방길에 있어요 저희."

결국 우린 시체를 앞에 두고 나란히 쪼그리고 앉아 경찰이

오기를 기다릴 수밖에 없었다. 우린 아무도 말이 없었고, 아저씨들은 서로 돌아가며 5분에 한 번꼴로 담배를 태우셨다. 그렇게 20분 정도의 침묵이 있었을까?

"야는, 으째 죽은 것일까나?"

동배 아저씨가 세 번째 담배를 비벼끄며 입을 여셨다.

"자살이겠지. 벽초고라며. 그 학교에서 일 년에 한두 명씩 죽는 기 뭐 새삼스러운 일도 아니고."

균식 아저씨는 대수롭지 않다는 투로 대답하셨다.

"하기사 벽초고면 뭐 놀랄 것도 없지. 벽초를 통곡의 땅으로 만든 장본인들잉께."

"어휴, 그 학교 세워진다고 혔을 때 적극적으로 반대할 걸 그랬구먼…"

"뭐 이렇게 될 줄 알았남? 우리 새끼들 다닐 좋은 학교 하나 세워지나 보다 했었던 거지. 마냥 촌동네보단 그래도 교육의 동네라는 이미지가 훨 나응께."

"근디 야는… 뭐 험한 일 당해 죽은 건 아니겠지?"

"에헤이 설마. 이렇게 깨끗헌디"

별이름 벽璧, 아름다울 초岹를 써서 오색 빛깔 별이 빛나는 마을이란 뜻의 예쁜 이름이었던 벽초. 또는 지역의 경계선이 모두 산으로 둘러싸여 있기에 벽 벽壁에 풀 초草 자를 써, 풀 벽으로 둘러싸인 마을이라고도 불렸었던 벽초.

푸른 숲과 아름다운 별빛 등, 자연 친화적이고 서정적인 이 미지였던 벽초가 난데없이 벽 치고 가슴 치며 울부짖는다는 통곡의 땅으로 변모한 건 17년 전, 한 재단에서 흑운산 부지를 매입해 국제적인 기숙형 사립학교인 벽초 고등학교를 세우면서부터였다.

벽초고는 대한민국 상위 1퍼센트의 수재들만을 위한 학교로 졸업생의 절반이 아이비리그 또는 유럽의 명문대로 진학했으며, 하위권 등수로 밀려난 나부랭이들이나 서연고 중 하나를 간다는 전설의 학교였다.

처음에는 지역 주민들의 반대가 있었다고 했다. 멀쩡한 산을 깎아낸다는 것도 그렇고, 벽초의 인구 비중으로만 보면 지금 있는 학교로도 충분했었기에. 하지만 거란족과 맞섰던 서희의 입담을 능가하는 한 대변인의 등장으로 판이 뒤집히게 되는데, 그는 1970년대 강남을 예로 들며 공기만 좋은 촌 동네라는 벽초의 이미지를 미래 지향적이고 세련된 교육의 도시라는 이미지로 바꿔 지역의 품격과 동시에 땅값을 올릴 좋은 기회로 만들어 보자며 주민들 설득에 나섰고, 어린 자녀를 둔 부모들은 자신의 아이들이 커서 벽초고의 학생이 되기를 기대하며 동의서에 도장을 찍었다. 하지만 결과적으로 천문학적인 학비와, 해외 몇 년 이상의 거주 경험자 또는 두 개 이상의 외국어에 능통해야 한다는 자격 조건, 그리고 대입 수능을 방불케 하는 그들만의 입학시험 등을 모두 통과해 낼 아이가 벽초에는 없었다. 또한, 입학과 동시에 아이들을 학교에 가둬 놓고 하루 24시간을 분 단위로 쪼개 철두철미하게 관리하는 지옥의 커리큘럼은 제법 많은 아이들을 목매게 하거나, 학교 뒷산으로 연결된 절벽에서 투신하게 만들었다. 한마디로 벽초를 위한 밀레니엄 사업은 벽초가 기존에 갖고 있었던 친자연주의 이미지를 가슴 칠 벽擗, 슬퍼할 초怊를 써, 가슴 치며 슬퍼할 일 많은 통곡의 땅 벽초로 훼손시키는 결과를 낳은 셈이 돼버렸다. 가끔 슬퍼할 초가 아닌 죽일 초剿나 제사 지낼 초醮를 쓰기도 하면서. 아무튼 그렇게 흑운산 절벽에서 투신한 아이가 날짜를 잘못 골라 장마철을 선택하게 되면 오늘 같은 사건이 벌어지게 되는 것이었다.

침묵과 담배 연기 속에서 슬슬 배가 고파지려던 찰나, 탁진교 건너편에서 손전등을 흔들며 신호를 보내오는 무리가 나타났다.

"왔나 봐요!"

내 말에 우리 일행도 자리에서 일어나 랜턴을 흔들었다. 우리릴 확인한 건너편에선 30분 전 우리가 했던 방법대로 서로의 몸을 로프로 연결한 구조 원정대를 출발시켰다. 우린 다시금 서로를 묶고 탁진교 중간까지 그들을 마중 나갔다. 이쯤에서 시체를 건졌어요,라는 현장 상황까지 보고할 겸.

소방관 네 분은 하우스 비닐 위에 다소곳하게 누워 있던 그 아이를 그대로 싸서 구조용 들것으로 옮겨 싣고 흰 천을 덮은 채 벨트로 고정을 시켰다.

"최초 발견하신 분이 어떤 분이세요?"

우리랑 내내 통화를 했던 경찰관이 물었다.

"최초 발견자는 우리 아랫집 아주머닌데 지금 너무 놀라서 말할 정신이 없으시고, 다음 발견자는 나요."

아버지는 조서 작성을 위해 그분들과 탁진교를 건너가셨다. 시체를 운반했던 준희와 상석 아저씨도 함께. 집으로 돌아오니 아랫집 아주머니는 아예 우리 집 거실에 이불을 깔고 누워 주무시고 계셨다.

"어째 혼자 오는 겨?"

문 여는 소리를 들었는지 엄마가 곧장 주방에서 나오며 물으셨다.

"다들 경찰서 갔어요. 참고인 조서 써야 한다고."

나는 젖은 우비를 현관에 벗어놓으며 말했다.

"준희도?"

"네."

"아니 으른들만 가면 되지 뭐 헌다고 애까지 거길 끌구 갔댜?"

"준희가 시신을 옮겼거든요."

"뭐여??!!"

엄마는 놀라서 소리쳤다. 여차하면 눈알이 튀어나올 기세였다. 엄마의 소리에 실컷 코 골며 주무시던 아주머니도 화들짝 놀라 깨는가 싶었는데 코 고는 소리는 이내 다시 이어진다.

"아니 장정이 몇인디 그걸 왜 준희가 혔어 그래. 아휴 소름끼쳐 진짜. 그래 뭐였든? 남자여 여자여?"

"여자애였어요."

"애? 어린애란 말여?"

"벽초고 다니는 여자애요."

"하이고, 한동안 잠잠하다 혔지. 어쩌다 여까정 떠내려왔댜. 교복 입고 있었간?"

"아니요. 제가 본 적 있는 애였어요. 도서관에서."

"니가??"

엄마는 아까와 같은 데시벨로 또 한 번 놀란다. 죽은 애를 알고 있었다는 사실이 놀라운 걸까, 내가 도서관에 갔다는 사실이 놀라운 걸까.

"네. 제가요. 저 요즘 도서관 다니거든요. 근데 아주머니는 댁에 안 가신대요?"

"노인네가 무서워서 어찌 혼자 계시겠어. 비도 저렇게 쏟아지는데. 장마 끝날 때까지만 우리 집에 계시라고 혔어. 하여간에 고생들 했네. 씻고 나와 배고플 텐데."

"이따 아버지랑 준희 오면 같이 먹을게요."

"기다릴 수 있겠어? 배에서 소리 나는 것 같은디."

"괜찮아요."

아버지와 준희가 돌아올 때쯤엔 다행히 비가 잦아들고 있었다. 엄마는 큰일 했으니 기력 보충을 해야 한다며 삼계탕을 내오셨다. 한 사람당 한 마리씩의 닭을 정신없이 해치우고 TV 앞에 앉아서 뉴스를 틀었다. 혹시나 오늘의 사건이 뉴스에 나오진 않을까 싶어서. 하지만 이딴 촌구석의 이야기는 공중파에서 다루기엔 한없이 시시했던 걸까? 취재 기자를 연결한 대대적인 보도는커녕, 앵커 얼굴 아래로 흘러가는 한 줄의 자막 형태로도 그 아이의 죽음은 남지 못했다. 숨이 턱 막히도록 강렬했던 그 물미역 같은 죽음은 애석하게도.

나는 방으로 올라와 창밖의 탁진교를 내려다본다. 수면 위로 기껏해야 1미터 정도 솟은. 한없이 낮고 초라한 저 다리가 오늘은 어느 이름 모를 소녀의 무덤이 되었구나. 『나생문』을 읽던, 이젠 세상에서 사라져 버린 아이의 무덤이.

그 아이는 의사들이 생각하는 몇 가지 이유 중 한 가지를 들어 자살한 것일까? 아니면 책 읽는 취향처럼 성격도 나와 비슷한 부류였을까? 독하고 기고만장했던 그 눈빛을 떠올려보면 세상에 이름 석 자 정도는 남기고 죽었을 아이였는데. 혹 자살이 아닐 수도 있을까? 사고사로 보기엔 너무 깨끗했지. 그렇다면 누가? 어떤 이유에서 어떤 방법으로 왜? 가해자였음 가해자였지, 절대로 피해자의 캐릭터는 아니었는데 그들의 세계에선 또 다른 모습이었을까?

죽은 아이에 대한 호기심은 도마뱀 꼬리처럼 잘라도 잘라도 계속해서 자라났다. 하지만 아무리 호기심과 상상력이 증식해 나간대도 나는 끝내 알 수 없을 것이다. 그 아이가 왜 죽었는지는 그 아이만 알고 있을 테니.

그 아이. 내게서 뺏어갔던 『나생문』은 다 읽고 죽었으려나? 만약 자살이 맞다면 그 아이는 자신의 인생 마지막 책으로 왜 『나생문』을 선택했을까. 『나생문』을 읽으면 알게 될까? 그 아이. 그 아이. 내게서 『나생문』을 뺏어간 그 아이. 살아서 한 번, 죽어서 한 번. 이젠 다시 만나지 못할 그 아이. 너의 이름은 뭐였니?

고립의 계절이 끝나고 다시 폭염의 시대다.

이놈의 날씨는 뭐 이렇게 극단적인지. 그래도 다행히 매미는 울지 않는다. 거대했던 빗줄기에 모조리 쓸려간 듯했다.

집에서 도서관까지 15분도 채 안 걸었는데 등줄기에 땀이 한 바가지였다. 흰 티셔츠를 입었으니 망정이지 회색이라도 입었으면 아주 볼썽사나울 뻔했다.

빌려 갔던 『설국』과 『금각사』와 『이즈의 무희』를 반납하며 물었다.

"혹시 『나생문』 들어왔나요?"

사서는 코끝에 무료한 안경을 걸쳐놓은 채 사무적인 손놀림을 보여준 후 대답했다.

"세 권 다 대출 중이라고 나오네요. 『라쇼몽』은 있는데 그걸로 보시죠?"

"아니에요. 그냥 들어올 때까지 기다리죠 뭐. 대기자 명단에 좀 올려주세요."

"그럴게요. 여기 출판사 번역이 잘 나왔나 유독 여기 거만 빌려 가네."

그럴게요까지만 듣고 돌아서는 내 뒤통수로 사서의 중얼거림이 따라붙는다.

그래서였니? 굳이 그 『나생문』을 빌려 가고자 했던 이유가? 네가 빌려 갔던 그 책은 영원히 이곳으로 돌아오지 못할 테지 너처럼.

열흘 만에 나타난 훈이는 교정기를 끼고 있었다. 연기학원 원장의 적극 추천 때문이라고는 했지만 어딘지 심한 강요에 못 이겨 어쩔 수 없이 한 느낌이 강하게 들었다. 삐죽하게 튀어나온 덧니 두 개를 뽑고, 이에 철사를 박고 위 철사와 아래 철사를 고무줄로 연결까지 해놓은 모습이 흡사 한 마리의 생선 같았다. 보기 좋은 관상어보단 아귀나 복어 같은? 고르지 못한 치열이 비호감 인상을 준다는 이유로 교정을 했다는데 과연 어느 쪽이 더 비호감인 건지 모르겠다. 그래도 앞에서

티 내진 않기로 했다. 턱도 제대로 못 움직이고, 입을 벌릴 때마다 침이 줄줄 새는 모습이 웬만한 사이코패스가 아니고서야 정상적인 감정선을 가진 사람이라면 누구든 연민을 느낄 정도로 불쌍해 보였으니까.

"아팠겠다."

나는 지나가면서 툭! 한마디 던졌다.

"어휴 말도 말어. 아주 그냥 죽는 줄 알었어."

"뭘 먹을 수는 있냐?"

"씹는 건 아직 힘들고 걍 미음이나 몇 숟갈 뜨는 거지. 뭐라도 씹을라치면 대가리 전체가 울려서 아주 미치겠어. 나는 잇몸을 많이 잘라내서 앞으로 한 달은 배추김치도 힘들 거랴."

"그러고 보니 얼굴이 좀 홀쭉해진 것 같기도 하고."

"왜 아니겄어 이 개고생을 허고 있는디. 교정 다 끝나면 얼굴도 작아질 거랴."

"그렇구나. 하긴 키가 안 클 거면 얼굴이라도 작아져야겠지."

그새를 못 참고 나는 또 태클을 걸고 말았다. 이것도 습관이다 참.

"하여간에 강준경이! 니놈이랑은 좋게 마무리가 안여 마무리가! 세 마디 이상 말을 섞질 말어야 한다니께? 어휴, 승질 나!"

훈이는 준희 방문을 쾅! 닫으며 들어가 버렸다. 나는 괜히 미안해졌다. 일부러 그런 건 아니었는데 정말.

여름방학 마지막 일주일.

도서관으로부터 『나생문』이 들어왔다는 문자를 받았다. 채비를 마치고 방을 나서는데 난데없이 초인종이 울렸다. 토요일 오전에 올 사람이 누가 있지 싶었는데 주방에 있던 준희가 기다렸다는 듯 빛의 속도로 달려 나가 문을 열었다. 택배였다. 준희는 산타클로스한테 선물이라도 받은 어린아이처럼 신나서 상자를 뜯었다.

"뭐냐?"

"피아노 교재! 나 이제 소나티네랑 체르니 들어간다!"

"밤낮없이 주구장창 쳐대더니 정말 뭘 하긴 하나 보네?"

"선생님 말씀이 가르치는 학생 중에 나만큼 진도 빠른 애가 없대! 나 엄청 소질 있나 봐."

"그래 축하한다."

나는 운동화에 발을 구겨 넣으며 말했다.

"너는 어디 가냐? 또 도서관?"

"응. 예약해 놓은 책이 들어왔다고 문자가 와서."

"무슨 책인데?"

"『나생문』."

"『라쇼몽』?"

"아니, 『나생문』."

"그게 그거잖아."

"달라, 나한텐."

"뭔 소리야?"

준희는 웃긴다는 듯 콧방귀를 뀐다.

비로소 내 손에 들어온 그 책은 아쿠타가와 류노스케의 대표적인 단편 열 편을 묶은 소설집이었다. 여태껏 『나생문』이 장편 소설인 줄로만 알았던 나로선 10분도 안 돼 다 읽어 버린 그 소설의 짧은 분량에 놀라지 않을 수 없었다. 책을 받아 들고 자리로 앉으러 가는 사이에 이미 끝나 버리는 이 짧은 이야기를 위해 나는 이름 모를 여자애와 신경전을 벌이고 2주가 넘는 시간을 기다려야 했단 말인가? 하다못해 밀려드는 감정은 배신감에 가까웠다. 이게 뭐라고 대체.

허무하고 탐탁지 않은 손길로 책장을 후루룩 쓸던 그때였다. 책 사이 어딘가에서 반으로 접힌 두 장의 A4 용지가 툭!

하고 내 발등으로 떨어졌다. '미래에 대한 막연한 불안'이라는 문장으로 시작하는 글이 종이를 빼곡하게 채우고 있었는데 한눈에 보아도 그건 여학생의 글씨였다. 나는 본능적으로 그것이 죽은 아이가 남겨놓은 유서임을 알았다.

"이 책 언제 들어왔어요?"

나는 사서에게로 돌아가 물었다.

"오늘 오전에요."

"혹시 이거 마지막으로 빌려 간 날짜가 언제인지 알 수 있을까요?"

"음, 7월 25일이네요."

역시, 그날이다.

"빌려 갔던 사람 이름은요?"

"그건 개인정보라 말씀드릴 수 없죠. 왜요? 책에 무슨 문제라도 있어요?"

"아, 아니에요."

나는 도서관 가장 후미진 자리에 앉아 그 아이의 유서를 읽기 시작했다. 손끝이 쩌릿쩌릿 떨려왔던 그날처럼 내 등줄기를 타고 한기가 흐른다.

미래에 대한 막연한 불안. 류노스케가 남긴 유서의 내용이라지? 이런 필력을 가져놓고 굳이 미래를 불안해한 이유는 무엇이었을까. 어떻게 생각해도 류노스케의 삶은 반칙이다. 그는 좋은 작가가 될 수밖에 없는 조건들을 대외적으로 두루 갖춘 사람이었다. 정신병에 걸린 어머니가 있었고, 양자로 들어간 외가에는 수많은 책이 있었고, 나쓰메 소세키라는 훌륭한 스승과 실패한 첫사랑의 아픔도 있었다. 또한, 자살한 매형을 대신해 고리대금으로 허덕이는 누나의 일가를 돌보아야 했으며 어린 시절부터 앓아 온 신경쇠약은 덤이었다. 작가라는 직업이 가질 수 있는 최대의 축복 속에 허덕이며 살아놓고도 이것이 축복인지를 몰랐던 그의 삶은 역시나 반칙이다.

류노스케가 비로소 죽을 수 있기까지는 두 번의 자살 실패가 있었다. 다자이 오사무에게는 네 번의 실패가 있었고. 나에겐 지금껏 세 번의 실패가 있었다.

처음 손목을 그었던 작년 여름. 나는 그때 성공했어야 한다고 생각한다. 좀 더 과감했어야 했고 좀 더 깊었어야 했다고.

수면제를 먹었던 겨울. 그때는 정말 성공할 줄 알았다. 어둠 속에서 내려오는 한 줄기 빛까지도 보았으니까. 그 앞에서 검은 옷을 입고 날 기다리던 사자의 모습까지도 나는 보았으니까. 걷지 말고 달려서 사자의 손을 잡았어야 했다는 후회를 장장 두 달 동안이나 해대다 결국 열여덟이 되고야 말았다.

나는 늘 멈추고 싶었다. 열일곱에서. 평생을 열일곱으로 기억되고 싶었다. 그냥 17이란 숫자가 마음에 들었다. 단순히 보기에도 17은 너무 예쁘잖아? 열여섯은 뭔가 보잘것없어 보이고 열여덟은 너무 과만해 보인다. 그러니 열일곱이 딱 좋다. 열일곱이면 충분하다. 인간에게 그 이상의 삶은 필요가 없다. 더 살아봐야 뭐 해? 살면 살수록 세상은 나를 평범이라는 틀 안에 가두려 들 텐데. 이 지긋지긋한 학교를 졸업하고 스무 살이 되면 더 지긋지긋한 대학교를 가야 할 테고, 20대 중반에 빛나는 졸업장을 따면 그 종이 쪼가리 들이밀고 어딘가로 취직 그리고 결혼 이어지는 출산과 육아. 그러다 정신 차려보면 어느덧 나는 지천명의 아줌마가 되어 있겠지. 내가 남자였어도 결과는 마찬가지. 고등학교와 대학교 그리고 군대를 지나 20대 후반에 어딘가로 취직 그리고 결혼 머지않아 아버지. 가장이라는 이름으로 벗어날 수 없는 노동의 굴레에서 정신 차려보면 지천명의 아저씨가 되어 있겠지. 하나의 생명체로 태어나 남들과 똑같이만 살다 가야 한다면 내가 지금 이 지긋지긋한 학교에서 뇌를 파먹어가며 죽어라 공부하는 것이 대체 무슨 의미가 있을까? 평범은 죄악이다. 구성원 각자의 개성과 컬러가 인정되지 않는 세상 역시 죄악이다.

우린 전염병이 창궐한 시대에 살고 있다. '보통'이라는 전염병. 보통을 넘어서는 이들은 끌어내리고 보통에 못 미치는 이들은 열등하다며 손가락질하는 전염병. 모두가 환자고 죄인이지만 아무도 자신이 전염되어 있다는 사실을 깨닫지 못하는 비극의 시대. 아무에게도 의지할 수 없고 그 누구도 나를 지켜주지 못하는 시대 안에서 내가 유일하게 사랑했던 사람이 있었다.

열여덟이 된 것이 너무 화가 나서 기숙사 옥상으로 올라갔던 3월, 뛰어내리려던 내 옷자락을 잡았던 이수호. 자기도 뛰어내리고 싶어서 올라왔으면서 어쩌자고 남의 자살은 방해하고 말았는지 나쁜 놈. 하지만 그 순간 수호의 손은 참 따뜻했다. 꽃샘추위가 기승이던 그때, 날 향해 사방에서 불어오는 칼바람을 유일하게 막아주던 사람. 중간고사가 끝나고 수호가 자살에 성공할 줄 알았더라면. 수호가 나보다 먼저 떠날 줄 알았더라면. 사랑한다고 말이라도 해볼걸. 너에게 나의 처음을 주고 싶었다고 솔직해져라도 볼걸.

졸지에 나를 미망인의 기분에 사로잡히게 만들어 놓고 혼자

속 편하게 죽어버린 이수호가 보고 싶어 미칠 것만 같다. 굳이 약속하지 않아도 매일 새벽 1시만 되면 옥상에서 날 기다렸던 이수호의 얼굴이 만지고 싶어 미칠 것만 같다. "안 자고 여기서 뭐 하고 있어?"라고 묻는 말에 "너 구해주려고 기다리고 있었어. 네가 또 뛰어내릴까 봐서."라고 말해주던 그 목소리를 다시 듣고 싶어 미칠 것만 같다. 내 이름을 부를 때마다 덜컥 덜컥 내려앉았던 심장의 요동을 다시 느끼고 싶어 미칠 것만 같다. 잘근잘근 씹어대서 늘 상처와 피딱지가 앉아 있던 뭉툭한 손톱도, 왼쪽 눈에만 있던 쌍꺼풀도, 코끝과 콧등에 흑임자처럼 박혀 있던 두 개의 점도 그냥 다 너무 그리워 미칠 것만 같다.

며칠 전, 「톱니바퀴」가 실려 있는 『나생문』을 빌리러 도서관에 갔다가 이수호와 똑같이 코에 두 개의 점이 박힌 남자아이를 보았다. 나생문이 라쇼몽인지도 모르는 그 멍청이를 보고 이수호가 생각나, 하마터면 왜 말도 없이 그렇게 먼저 죽어버렸냐고 소리칠 뻔했다. 쌀쌀맞게 돌아서서 얼른 와버렸는데 미안해할 필요는 없겠지? 어차피 다시 볼일도 없는 사인데.

이수호의 추천이었던 「톱니바퀴」는 인생의 마지막 책으로 더할 나위 없는 선택이었다고 생각한다.

이제 진짜 끝이다. 실패는 그만. 이번엔 반드시 죽으리라. 어쩌다 보니 열일곱에 죽지 못하고 열여덟까지 살게 됐는데, 그래도 열여덟의 인생에 이수호가 있어서 후회는 없는 것 같다. 그 아이는 가혹했던 내 인생에 줄 수 있는 처음이자 마지막 선물이었으니까. 널 만나기 위해 나는 여기까지 살았나 보다라고 말해줘야지.

길었던 그리움을 뒤로하고. 곧 다시 만나, 우리.

— 열여덟을 끝으로. 김정원 —

김정원. 그 아이의 이름은 김정원이었다. 유서가 꽂혀 있던 페이지는 「톱니바퀴」가 시작되는 페이지였다. 여태껏 나는 그 아이에게 『나생문』을 빼앗겼다고 생각했었는데 그 아이, 그러니까 김정원이 나에게서 빼앗아 간 건 「톱니바퀴」였다. 김정원이 사랑했던 이수호의 추천작이자 인생의 마지막 소설로 삼기에 적합했다던 아쿠타가와 류노스케의 유작. 굳이 이 책이어야 한다며 내게서 그리도 쌀쌀맞게 뺏어갔던 이유는 「톱니바퀴」가 다른 소설집에는 실리지 않은, 오직 이 책에만 실려 있는 단편이기 때문이었다.

'하인의 행방은 아무도 모른다'라는『나생문』의 마지막 문장처럼 이제 김정원의 행방은 아무도 모르는 일이 돼버렸다. 죽어서 누워 있는 김정원을 보면서 불쌍하지도 않다고 생각했던 그날에 대한 짧은 반성의 시간을 가져본다. 왜 죽었는지는 그토록 궁금해했으면서 정작 명복을 빌어줄 생각은 하지 못했던 그 이후의 날들에 대한 반성까지도.

어차피 다시 볼일도 없는 사이니 좀 쌀쌀맞게 굴었다고 해서 미안해할 필요는 없을 거라 자신을 합리화시키고 떠났던 네가, 하필 우리 집 앞에서 발견된 건 다시 생각해도 참 신기한 일이다. 하필 또 나는 왜 네가 사랑했던 이수호와 같은 위치에 점이 있었던 걸까? 하나도 아니고 두 개씩이나. 하필 너의 유서는 또 내 손안에 들어와 있고. 하필이란 단어가 없이는 성립이 안 되는 기묘한 인연을 내가 또 만날 수 있을까? 아무쪼록 그렇게 마지막 책을 읽고 네 번째 자살 시도 끝에 결국 성공해 냈으니 축하해 김정원. 잘 가. 원 없이. 안녕. 김정원.

나는 김정원이 물미역처럼 누워 있었던 탁진교 위에서 그 아이가 남긴 유서를 태우며 마음속으로 인사를 건넸다. 유서는 만개하는 꽃처럼 찬란하게 피어올라 우기천을 향해 흩어졌다. 살벌하게 넘쳐흐를 땐 언제고. 여느 하천들과 다를 바 없이 보통의 자세로 잔잔하게만 흐르고 있는 우기천 위로 반딧불들이 날아다녔다. 초록빛 야광 꽁무니를 한껏 뽐내며. 이토록 평화로운 장례식이라니.

그리고 내가 집을 향해 돌아섰을 때, 그 평화로운 풍경 끄트머리를 지나가는 헤라 누나의 뒷모습을 보았다. 커다란 짐 가방 두 개를 양손에 나눠 들고 한으로 사무치는 걸음을 걸어 집 대문을 넘는 헤라 누나를.

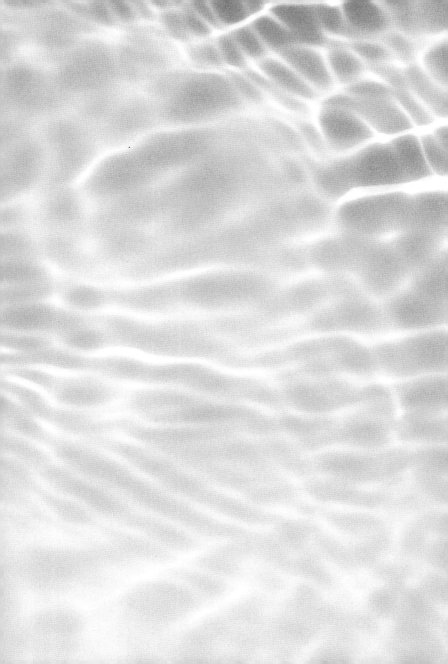

가을

秋

열심히 살 필요가 없어.
세상은 그리 정의롭지 않거든.

열심히 꿈꾸며 산 인생과
그냥 되는대로 산 인생의 결과는
기껏해야 한 끗 차이란다.

꿈을 이룬 사람은
그들 중 단 한 명뿐이야.

나머지는 그들의 들러리만 서다 끝나거나,
나처럼 결과를 보기도 전에
죽어버릴 수도 있어 준경아.

그러니까 열심히 살지 마.

한때 벽초에서는 김태희보다 최혜라라는 말이 유행한 적이 있었다.

2000년대 후반부터 2010년대 초반까지 벽초에서 10대 생활을 했던 사람이라면 한 번쯤은 들어봤을 전설의 유행어. 김태희보다 최혜라.

벽초에서만큼은 김태희보다 유명하고 인기도 많았던 혜라 누나는, 삶은 달걀을 까 놓은 듯 하얗고 탱탱한 피부에 눈코입이 알맞게 자리 잡은 얼굴과 가녀린 몸매에 의외의 볼륨감까지 갖춘. 말 그대로 청순 글래머의 교과서 같은 인물이었다. 누나가 다녔던 벽초 여상 앞은 하교 시간만 되면 누나를 보기 위해 몰려든 주변 학교 형들로 늘 북새통을 이뤘는데, 그중 유독 지독하게 구는 몇몇 인간들은 집 앞까지 찾아와 진을 치기도 했었다.

누나는 예뻤다. 어린 내 눈에도 확실히 누나는 예뻤다. 허리는 양손에 다 잡힐 정도로 가느다랗고, 가슴은 봉긋하게 솟아 있었으며, 얼굴의 전체적인 분위기는 청순한 과에 속했는데 눈빛은 섹시하고 웃을 땐 또 하염없이 귀여웠다. 동네 정자에 앉아 낮술을 즐기시던 할아버지들은 누나더러 죽은 사내도 벌떡 일으키는 요망한 것이라고 불렀었는데, 열 살 남짓이었던 당시의 나는 죽은 사내가 무슨 뜻인지 몰랐지만, 정확히 5년 후 어느 여름밤을 지나면서 그 의미를 몸소 알게 됐었다.

그랬던 누나가 집으로 돌아왔다. 공주로 시집간 지 3년 만에 별안간.

"아니 그 언니는 왜 여태 얘기를 안 했댜? 지난주 내내 우리 집에 있었으면서도 그런 얘기는 일언반구 없었어. 아주 그냥 깜-쪽같이 속았잖어? 이?"

"아이고 헤라가 누굴 닮아서 그리 여우겠어? 속에 뭐가 들어찼는지 아주 그냥 지 에미 쏙 빼닮았지."

"그래도 나헌티꺼정 그럴 건 없잖여~ 위아래로 산 세월이 얼만디.”

“섭섭해할 것도 없슈 성님! 걍 그런가 보다 하고 넘어가야지 그걸 일일이 속상해했다간 성님 속만 썩어나는 겨~”

“왜 아니여. 아니 나는 그 언니가 헤라를 의사 사모로 만든 거 보고 진짜 대단한 언니다 혔거덩?”

“나는 뭐 아니었간? 솔직히 우리끼리 하는 말이지만 헤라 주제에 의사 사모 자리가 어디 가당키나 혔냐고~”

“나이 차가 좀 나긴 했지 아마? 열한 살 이랬나~ 열두 살 이랬나~?”

“열둘! 띠동갑이라고 했었응께.”

“어휴, 열둘이어도 헤라헌틴 언감생심이지. 헤라 그게 집안이 좋길 혀, 학벌이 좋길 혀! 편모 가정에 시골구석에서 여상이나 겨우 나와서는 터미널 창구 직원 하던 애가 의사 사모가 다 뭐여.”

“어디 그뿐이간디? 헤라가 놀긴 좀 놀았냐고. 맨~~ 똥꼬 치마 입고 댕기믄서 오토바이 뒤꽁지나 타고 놀러 댕겼잖어. 아주 그냥 그놈의 오토바이 부대만 나타나면 동네 시끄러워서는.”

“진짜 가진 거라곤 이쁜 거 하나! 정말 딱 그거 하나였어

걔는!"

"암~ 이쁜 건 뭐 할 말 없어~ 걔가 서울에서 태어났음 진즉에 연예인은 허고도 남았을 껴 아마."

"헤라 엄마가 머리를 잘 쓴 거지. 자기가 봐도 자기 딸은 이쁜 거 말곤 내세울 게 하나도 없거덩! 긍께 늙어서 그나마 이쁜 것도 사라지기 전에 얼른 여기저기 선 봬서 후딱 팔아 치운 거 아니겠어?"

"여자 팔자 뒤웅박 팔자니 뭐니 해가매 그렇게 기를 쓰고 선을 봬더만 기어이 의사 하나 잡아서 시집 보내는 구나 혔더니 시상에 3년도 못 살고 도로 올 줄 누가 알았겄어? 안 그려?"

"왜 아녀 왜 아녀, 에헤이~ 또 쌌네. 아휴 성님! 패 좀 잘 쳐봐유. 먹을 게 하나 없잖여."

아침나절부터 세탁소로 모여든 동네 아주머니들은 화투패를 돌리며 신나게 수다를 떠셨다. 대화의 주제는 단연 돌아온 헤라 누나였다. 나는 간만에 낚시 모임을 가신 아버지를 대신해 슈퍼를 지키고 앉아 아침 드라마를 보는 것 같은 그 흥미진진한 이야기를 강제로 청취 당하고 있었다. 뭐, 그렇다고 아주 궁금하지 않았던 건 또 아니고.

"근디, 헤라 애도 하나 있지 않어?"

"있지. 작년인가에 하나 낳잖여."

"그치? 딸이랬나?"

"딸은 무슨. 아들 아녀 아들."

"이? 그려? 아들을 낳았어?"

"어휴. 그려. 그때 그 집 언니가 얼마나 자랑딴지를 늘어놨었는데~ 헤라가 아들 귀한 집 가서 대번에 떡두꺼비 같은 아들을 낳았다고. 시댁이 헤라헌티 절해야 헐 거라고 아주 그냥 어깨가 이만해져가지고, 어휴. 유세 장난 아녔어."

"어머나 얄미워라. 아들이 뭐라고 참. 한꺼번에 둘씩이나 낳은 집도 있구만! 안 그려, 쌍둥이 엄마?"

"그려! 아들 그기 뭐 별거라고! 나는 한 방에 두 명이나 낳았는디."

"일타쌍피 능력도 좋아, 하하하."

"결국 헤라는 그 집 손주 낳아주고 아들 잡아먹은 꼴 됐구먼?"

"근디 왜 죽은 거랴?"

"그기 말여…"

이야기가 클라이맥스로 치달을 즈음, 슈퍼를 급습한 한 손님으로 인해 가게 안은 귀신이라도 지나간 듯 고요해졌다.

"안녕하세요."

헤라 누나였다.

"어머, 헤라구나. 왔다는 소식은 들었는데, 잘 지냈지?"

"네. 잘들 계셨죠?"

"우리야 뭐 똑같지."

"근데 넌 더 이뻐졌다 얘! 어쩜 쟤는 늙지도 않나 봐."

"아휴~ 헤라 아직 늙을 나이는 아녀유."

"그래도 애도 낳은 몸인디 시상에나, 널 누가 애 엄마로 보겠냐?"

아주머니들은 우디르급 태세 전환을 선보이셨다. 순발력의 도사들, 능청의 귀재들, 가식의 끝판왕들. 윤여정, 김해숙 뺨을 후려칠 저 눈부신 연기력. 당장에 레드카펫이라도 깔아드려야 하나.

"준경이 많이 컸네? 이제 남자가 다 됐구나! 고등학교 다녀? 몇 학년이야?"

누나는 나를 한눈에 알아봤다. 한동네에서 내내 살았으면서도 내가 준희인지 준경인지도 헷갈렸던 파란 대문 집 아주머니에 비하면 이건 엄청난 애정과 관심의 입증이다.

"2학년."

나는 한층 낮고 무거워진 목소리로 말했다. 왜 그랬는지는 모르겠지만 그냥 이상하게 어른스러워 보이고 싶었다.

"어머, 네 목소리 적응 안 된다, 하하. 세월 정말 빨라. 언제 이렇게 훌쩍 컸대 참."

"뭐 줄까?"

"아, 나 에쎄 프라임 하나, 아니 두 갑만 줘."

담배는 언제부터 폈던 걸까 이 누나. 한창 놀 때도 담배는 안 폈던 것 같은데.

"9,000원."

나는 담배를 꺼내 내밀었다.

"또 봐. 그럼 즐거운 시간들 보내세요."

누나는 나와 세탁소 쪽 타짜들을 한 번씩 보며 인사를 하고 가게를 나갔다. 무릎까지 오는 까만 레깅스에 엉덩이를 간신히 덮는 원피스를 입은 누나는 걸을 때마다 딱딱 소리가 나는 하이힐처럼 생긴 슬리퍼를 신고 집을 향해 걸어갔다. 이 공간에 있던 모두는 하나 된 마음으로 누나가 한참 멀어질 때까지 침묵을 유지하며 유리문 너머로 바라보았다. 저 할 말 많아 보이는 뒷모습은 지금 무슨 생각을 하고 있을까.

"못 들었겠지?"

"설마."

"아휴 좀 들었으면 또 어쩔껴 지가? 우리가 뭐 없는 소리 헌 것두 아니구."

아주머니들은 찰나의 걱정을 지나 이내 배 째라는 식으로 또 한 번의 숨 가쁜 태세 전환을 한다.

"그래서! 하던 얘기나 마저 해 봐! 왜 죽었댜 헤라 남편?"

"이 그려! 그 말 하다 말았지? 뭐랴? 왜죽었댜?"

"뭘 뭐여. 교통사고지. 서울로 학회인지 세미나인지 다녀오다 고속버스가 뒤에서 들이받았다잖여. 뉴스에도 크게 난 사건이었댜~ 그 차에 타고 있던 의사 세 명이 한꺼번에 다 죽어가지고."

"아이고 어째 그걸."

"근디 서산댁은 그걸 어디서 들은 겨? 헤라 엄마가 말해줬을 리도 없고."

"아휴, 우리 친정 언니가 헤라네 시댁 근처에 살잖여. 나도 듣기는 엊그제 들었어. 헤라네 시댁이 그 동네서 아주 꼬장꼬장하기로 유명하댜~ 3대째 의사 집안에 죄다 서울대 출신인데 뜬금없이 헤라가 그 집안에 며느리로 들어가서 듣기론 시

엄마가 머리 싸매고 누웠었다지? 동네 챙피하다고 밖에 나오 지도 않았었댜."

"근데 어찌 용케도 결혼을 시켰네?"

"아들이 단식 투쟁까지 해가며 그렇게 빌고 빌었댜. 어차피 그 여자가 그 여잔데, 똑똑하고 집안 괜찮은 게 다 무슨 소용 이겠냐고. 자기는 곧 죽어도 이쁜 여자랑 살고 싶다고 혔댜. 헤라 얼굴 보고 뽕 가버린 거지."

"얼씨구. 그래서 가족끼리 조용히 도둑 결혼을 시킨 거구 먼?"

"헤라가 그 집에서 시집살이를 어지간히 안 혔겠어? 외출 도 함부로 못 하게 허고. 동네 챙피하다고. 그래도 아들 낳고 나선 좀 들해졌다지만 뭐 그래봐야 거기서 거기지. 하여간에 아들 죽고 손주는 뺏고 위자료 몇 푼 쥐여주면서 며느리는 내보낸 거라고 허더라고."

"어휴. 그런 일이 있었으면서 어쩜 그렇게 아무 일도 없는 사람처럼! 헤라 엄마 진짜 생각할수록 무섭네. 앗싸 고도리!"

"또?? 아 이 타짜들하고 못 치겠네 증말!"

입추라는 말이 무색할 정도로 푹푹 찌는 열대야에 수십

번 뒤척이다 결국 깨고 만 새벽. 왜 우리 집엔 그 흔한 에어컨 하나가 없을까 투덜거리며 주방으로 내려와 냉수 한 사발을 벌컥벌컥 들이켰다. 한 사발로는 갈증이 쉬이 가시지 않아 한 번 더 따라 마셨다. 그럼에도 이 께름칙한 더위는 달아날 마음이 없는 듯했다. 하긴, 냉수 두 사발에 달아날 더위면 네가 삼복더위겠니. 너도 네 명성에 걸맞은 힘을 발휘해야 후회 없이 갈 테지.

차라리 바깥공기를 쐬는 편이 낫겠다 싶은 맘에 나는 너덜너덜한 슬리퍼를 질질 끌며 대문 밖으로 나와 우기천 쪽으로 내려갔다. 터벅터벅 두 계단쯤 내려갔을까? 그때 녹이 바짝 낀 소리를 내며 아랫집 대문이 열리고 헤라 누나가 나왔다. 나는 순간적으로 걸음을 멈추고 누나를 주시했다. 쥐죽은듯 고요한 새벽에 돌계단에서 웬 장정 하나가 내려오면 누나가 놀라지 않을까 싶은. 딴엔 배려였다. 누나는 그대로 돌계단에 앉아 담배를 꺼내 물고 불을 붙였다. 아, 이대로 오도 가도 못하고 어떡하지 싶던 찰나.

"멀뚱히 서 있지 말고 내려와. 너 나오는 소리 들었어."

누나가 날 보며 나지막이 말했다. 내가 나오는 소리를 들었다고? 그럼 혹시 내 소리를 듣고 누나가 따라 나온 걸까? 일부러?

"왜 안 자고?"

나는 누나 옆으로 가 앉으며 물었다.

"그냥. 너는 왜?"

누나는 담배 연기를 길게 뱉으며 되물었다. 한층 성숙해진 관능의 향이 풍겨진다.

"더워서 깼어."

"나도 뭐 비슷한 이유로."

"담배는 언제부터 폈어? 옛날에도 폈었나?"

"아니 얼마 안 됐어. 한 달?"

아마도 누나의 남편이 사고를 당했다던 그 무렵인 듯했다.

"아까 가게에서 다들 내 얘기 하고 계셨지?"

"들었어?"

"그냥 눈치가. 내가 들어가자마자 다들 얼음이 돼선 내가 얼른 나가주기만 바라고 있었잖아."

눈치가 오백 단이다. 시집살이를 독하게 했다더니 어쩐지 안쓰러워진다.

"그냥 아주머니들 화투 치시면서 이런저런 수다 떠시는 거지 뭐. 신경 쓰지 마."

"신경 안 써. 그 재미도 없으면 이 촌구석에서 어떻게들 사시겠니. 그러려니 하고 있어."

누나는 부쩍 어른이 된 것 같았다.

"…괜찮아?"

성숙의 계절을 지나온 사람에게 감히 던지는 미성숙한 인간의 위로.

"별로."

누나는 실컷 타들어 간 담배꽁초를 바닥에 비벼 끄며 일어섰다. 나도 따라 일어선다.

"이렇게 보니 키도 많이 컸네? 3년 전만 해도 우리 비등비등했던 것 같은데."

누나는 공허한 눈동자로 내 머리끝을 보며 말했다. 누나의 머리끝은 내 어깻죽지를 간신히 넘어서고 있었다. 누나 말이 맞다면 나는 3년 사이 15센티미터 이상이나 자란 셈이다. 정말? 내가 그렇게나 많이 자랐다고? 끽해야 10센티미터 정도나 자랐으려나 했는데.

나는 누나 말을 믿기로 한다. 나에 대한 기억은 때론 나 자신보다 타인의 기억이 정확할 때가 있는 거니까. 뭐, 손해 보는 것도 아니잖아? 근데 이 누나는 어째서 하나도 늙질 않고 여전히 예쁜 거지? 그 공허한 눈동자를 가로지르며 수십 개의 유성이 쏟아지는 느낌이다. 사람이 세월을 이렇게까지 비껴갈 수도 있는 걸까. 갑자기 키스라는 것이 하고 싶어진다. 아직까지 한 번도 해본 적 없는 그것.

"그만 들어가 자라."

내게서 흐르는 묘한 기류를 감지한 것인지 누나는 서둘러 돌아섰다.

"잘자, 누나도."

나는 태연한 척 누나를 보내준다.

뒤틀린 철문을 열고 손바닥만 한 마당을 지나 현관문 안으로 들어가는 누나의 모습을 가만히 보는데 바지춤 아래가 급격히 부풀어 오르는 것이 느껴졌다. 아, 잠깐만, 여기서 갑자기? 아 이러면 곤란하지, 아 이런, 아 젠장. 쌍! 망할 놈의 호르몬! 마음의 준비를 할 새도 없이 맞이한 이 비약적인 전개에 당황한 나는 서둘러 집으로 돌아가려 했으나 엉거주춤한 걸음은 몇 계단을 오르지 못하고 그대로 주저앉게 만든다. 어쩔 수가 없다. 그냥 이대로 잠깐만 쉬었다 가는 수밖에.

달랑 전봇대에 걸린 외등 하나가 전부인, 군청으로부터 철저히 외면받은 이 낡은 돌계단이 처음으로 고마워지는 순간이다. 불이라도 환했으면 가랑이 사이로 길쭉하게 튀어나온 회색 추리닝이 얼마나 꼴사나웠을까.

그 밤 이후로 나는 자주 창밖을 내려다보았다. 습관적으로 내 방문을 한 번씩 열어보는 준희가 맨날 뭘 그렇게 보냐고 물어오면 그냥 우기천 흘러가는 거 본다고 대답하면서 시선은 늘 헤라 누나 집 마당으로 고정되어 있었다.

"또 우기천 보는 거야?"
준희가 방문을 열고 빼꼼히 고개만 들이민 채 물어왔다.
"응."
"대체 뭐 볼 게 있다고. 나 알바 간다."
"그래."
"…너 설마…"
문이 닫히려다 말고 이어지는 준희의 목소리.
"그 여자애 생각하는 건 아니지?"
"그 여자애? 누구?"
"응? 벌써 까먹은 거야? 그 여자애. 벽초고."
"아."
그렇지. 저 탁진교를 무덤으로 삼은 여자아이가 있었지. 김정원. 그 아이의 유서를 태워준 지 겨우 1주나 지났을까?

"그 여자애 생각하는 거 아니면 됐다. 나 다녀올게."

준희는 안심하는 얼굴로 문을 닫았지만 나는 어딘지 미안해졌다. 사람의 존재감이라는 게 이런 거였나? 겨우 며칠도 못 가고 잊히는 그런 거였나? 심지어 나는 김정원의 유서에도 등장했던 사람인데. 하필이란 단어로 묶인 기묘한 인연인데. 생전 마주친 적도 없었던 준희마저 기억하고 있는 그 아이를, 나는 그런 애가 내 인생에 스쳐 간 적이 있었는지조차 까마득하게 잊고 있었다니. 기분이 이상했다. 내가 피도 눈물도 없는 인간이 된 것만 같은 기분. 묘한 죄책감으로 사로잡히는 순간이다. 나의 자살이 성공적으로 끝났었더라면… 그때 나의 존재감도 고작 이 정도였을까?

짧은 사색도 잠시, 내 신경은 다시 헤라 누나에게로 온통 쏠려간다. 내가 어떻게 제어해 볼 수도 없이. 휘몰아치는 바람에 한없이 나풀거리는 실오라기처럼 나는 볼품없이 헤라 누나에게로 끌려 들어갔다.

누나는 종종 마당으로 나와 빨래를 널기도 하고, 평상에 엎드려 책을 읽기도 하고, 낮잠을 자기도 했다. 어떨 땐 아무 일 없이 마당으로 나와 몇 분 정도 서성이다가 그냥 들어갈 때도 있었는데, 그 모습이 꼭 자신의 모습을 커튼 뒤에 숨어 훔쳐 보고 있는 누군가를 의식해 일부러 보여주려는 것 같았다. 누나가 그럴 때마다 나는 괜히 누나와 밀당을 하고 있는 기분이 들어 몸이 부르르 떨렸고, 그때마다 여지없이 바지 속에선 팽팽한 전쟁이 일어나고 있었다. 혈기 왕성한 열여덟 살 남학생의 가장 일반적이면서 가장 정상적인 신체 반응이었다. 내가 이토록 평범해져 가고 있단 사실이 반갑진 않았으나, 신체의 변화와 정신의 변화가 늘 정비례할 순 없는 일이었다. 아무쪼록 화장실에서 땀 몇 방울과 함께 호르몬 찌꺼기들을 흘려보내고 나면, 난 더위를 먹은 사람처럼 쓰러져 곧 잠에 들곤 했다. 그런 일을 몇 번 반복하고 나니 어느새 개학이었다.

한 달 만에 돌아온 교실 안은 한층 짙어진 수컷들의 냄새로 코끝이 시큰거릴 정도였다. 각자의 방학을 마치고 온 아이들은 저마다의 속도로 성장해 있었다. 나는 그들이 전부 새로운 사람들처럼 느껴졌다. 전에 본 적 없던 낯선 느낌으로 그들은 교실 곳곳을 채웠고, 나 역시 누군가의 눈에는 낯선 느낌으로 교실 한구석, 나에게 주어진 공간을 채웠다.

교실의 공기도, 냄새도, 온도도 모든 것이 달라졌지만 이상하게도 선생님들은 그대로인 것 같았다. 조금의 변화도 발전도 없이 그저 한 달 전과 같은 모습으로. 성장을 멈춘 채 오로지 늙어만 가는 인생들이다. 인간은 의지만 있다면 아흔 살에도 충분히 성장할 수 있다던데 어째서 저들은 고작 마흔 즈음에서 성장하길 멈춘 걸까. 그래놓고 우리에겐 어제보다 더 나은 사람이 되라고 강요하고 다그치고 있으니 세상에 이런 모순이 또 없다.

"참! 장마 때 탁진교에 시체가 떠내려 왔담서? 그거 우리 반 애가 건졌다던데 누구냐?"

"그거 나도 들었어! 죽은 애가 벽초고 2학년이라던데?"

"뭐야, 그런 일이 있었어?"

"나도 형한테 들었는데 임신해서 자살한 거래."

"아니야. 우리 누나 말로는 걔가 왕따였는데 일진들한테 맞아 죽은 거래. 벽초고에서 그 사실 숨기려고 자살로 위장한 거고. 그래서 뉴스에도 안 나온 거라던데?"

"그 학교에도 일진이 있냐? 공부 잘하는 것들만 모아 놓은 학교에 무슨 일진?"

"공부 잘하는 것들 사이에도 서열은 있을 거 아냐. 공부로 서열을 세우든 주먹으로 서열을 세우든. 어느 무리에나 우두

머리질 하는 새끼들은 꼭 있지."

"근데 얼굴이 졸라 이쁘대."

"아 진짜??"

역시 새 학기의 시작에는 호사가들의 입방아로 찢어진 풍문이 빠지면 섭섭하다.

"아 그래서 누구냐고. 시체 건진 애가."

"탁진교에서 건졌으면 탁진리에 사는 애 아니겠냐? 야 강준희! 너지?"

기어이 준희를 소환해 내는 실없는 녀석들.

"강준희 진짜 너야?"

"응. 나야."

"오!!!"

아이들은 준희를 둘러싸고 득달같이 모여들었다. 진짜 시체를 건진 거냐는 둥 직접 보니 소문대로 예쁘냐는 둥 왜 죽었는지 아냐는 둥 옷은 다 입고 있었냐는 둥, 말 같지도 않은 소리를 듣고 있으려니 슬슬 짜증이 올라 소리쳤다.

"야, 이 미친 새끼들아. 적당히 좀 해라!!"

교실 안은 찬물을 확 끼얹은 듯 순식간에 고요해졌다. 눈이 초롱초롱 빛나고 귀가 쫑긋하게 올라갔던 아이들의 모든 시선이 이젠 날 향해 있었다.

"걔도 이름이 있는 애야. 한때는 살아 있었던 애라고. 죽은 애가 이뻤는지 안 이뻤는지가 니들한텐 그렇게 중요한 문제냐? 걔 임신해서 죽은 거 아니고, 일진들한테 맞아 죽은 것도 아니야. 그냥 자살한 거야. 그니까 관심 끄고 각자 할 일들 해."

아이들은 쭈뼛거리다 이내 하나둘 자리로 돌아가 앉았다. 방학이라는 공백기가 있었음에도 난 여전히 아이들에게 두려움과 혐오의 대상인 모양이다. 뭐, 그러라지.

"나 솔직히 아까 조금 놀랐다?"

점심을 먹으며 준희가 말했다.

"왜?"

"네가 그런 말을 할 줄은 몰랐어."

"무슨 말?"

"죽은 애를 지켜주는 말. 그 아이가 죽었을 때 신나서 방방 뛰었던 걸 생각하면 많이 변한 것 같아서. 물론 좋은 쪽으로. 그래서 다행이다 싶었어."

"…걔 이름 김정원이야."

"김정원? 어떻게 알았어?"

"그냥… 어쩌다 알게 됐어."

우린 그걸 끝으로 더 이상 그 아이에 대한 이야기는 하지 않았다.

준희는 피자가게 아르바이트를 평일에서 주말로 다시 옮겼다. 2학기부터는 야간자율학습이 시작되기 때문이었다. 수도권의 학교들은 야자가 폐지되는 추세라던데 이놈의 촌구석 학교는 곧 죽어도 구태의연하게 가려나 보다. 그나마 다행인 건 야자 시간에 책상만 지키고 있다면 공부를 하든 게임을 하든 신경 쓰지 않는다는 거였다. 도대체 그럴 거면 이 야자가 무슨 의미가 있는지. 결국 학생들을 늦게까지 공부시켰다는 선생들의 책임감 만족을 위한 구실 아닌가?

아무쪼록 나는 영어 문제집과 씨름하고 있는 준희 옆에서 소설책을 읽으며 10시까지 버텼다. 물론, 헤라 누나의 얼굴이 책장 사이에서 시도 때도 없이 튀어나와 집중력이 깨지기 일쑤였지만. 도대체 같은 페이지를 몇 번이나 다시 읽은 건지.

"야. 너 안젤라 윤 생각하면서 딸 칠 때 있냐?"

집으로 가는 탁진교 위에서 나는 준희에게 물었다. 그럴 수 있다는. 다 이해한다는 아주 태연한 얼굴을 하고.

"뭐??"

하지만 준희는 승냥이한테 엉덩이라도 물린 사람처럼 펄쩍 뛰었다.

"뭘 그렇게까지 놀라고 그래? 물어볼 수도 있지."

"너 지금 그걸 말이라고 하고 있냐 나한테?"

이 대답의 구체적인 뜻이 무엇인지 파악하는 데는 다소 시간이 필요했다. 당연히 안젤라 윤을, 그러니까 오로지 안젤라 윤만 생각하며 자기 쾌감의 시간을 가진다는 뜻인지, 감히 안젤라 윤을 그런 '용도'로 쓸 수는 없다는 뜻인지, 애초에 자신은 천박하기 이를 데 없는 '딸'이라는 것을 치지 않는다는 뜻인지.

끝이 안 보이는 생각은 집어치우고 그냥 직구를 던지기로 한다.

"그냥 궁금해서. 딸 칠 때 안젤라 윤 생각해? 안 해?"

"…안 해."

"안 한다고? 딸을 안 친다고 아님 생각을 안 한다고?"

"생각을 안 한다고. 내가 나이가 몇 갠데 그것도 안 하겠냐?"

그럼 그렇지. 저도 남잔데 자기 위안의 시간을 안 가질 리가 없지.

"그럼 무슨 생각 하면서 치는데?"

"그걸 꼭 구체적인 상대를 그려두고 해야 되냐? 그냥 아무 생각 없이 하는 거지."

"어떻게 그래? 안젤라 윤 사진으로 도배가 된 방에 살고 있으면서 한 번도 생각을 안 했다고??"

"응. 한 번도 안젤라를 그런 식으로 생각해 본 적 없어. 그녀는 나에게 고귀하고 성스러운 존재야."

아! 내가 잠시 잊고 있었다. 안젤라 윤은 준희 녀석에겐 종교와도 같은 사람이었음을. 그래, 하느님을 사랑하고 하느님을 믿고 하느님에게 재산을 갖다 바치는 사람들이 하느님을 생각하며 딸을 치진 않겠지. 너무 당연한 것을 미련하게 묻고 있었네. 안 하느니만 못했던 서론은 잘라내고 본론으로 들어가기로 한다.

"야… 딸 칠 때마다 생각나는 여자가 있는데… 내가 그 여자를 좋아하는 걸까?"

"너 여자도 생겼냐??"

"그건 아니고. 그냥 어떤 여자 있어. 자꾸만 그러고 싶게 만드는 여자."

"정확히 말해 봐. 그걸 하면서 그 여자가 생각나는 거야 아님, 그 여자 생각하다가 그걸 하게 되는 거야?"

단어의 순서만 바꿨을 뿐인데 뜻이 확 달라진다. 생각을 잘해야 한다. 난 정확히 뭐였을까?

내 인생 첫 몽정의 순간을 떠올려본다.

3년 전 그 여름. 종일 화창하던 하늘이 예고도 없이 오후 늦게 소나기를 퍼부은 날이었다. 우기천에서 놀다 갑작스런 비에 집으로 귀가하던 중 돌계단 서너 번째 지점에서 헤라 누나와 마주쳤었다. 누나는 우리 집 방향에서 내려오고 있었는데, 역시나 느닷없이 내린 비에 몸이 홀딱 젖어 있었다. 하얀색 미니 원피스가 몸에 찰싹 달라붙어 속옷까지 다 비치는 상황이었는데, 가슴에 온통 핑크색 하트 문양이 빼곡하게 그려진 것이 보였다. 그러든지 말든지 누나는 아주 발랄한 목소리로 준경아 안녕!을 외치며 황급히 집 안으로 들어가 버렸고, 그날 밤 나는 비에 홀딱 젖은 누나의 하얀 원피스 속을 들여다보며 핑크색 하트가 몇 개인지 세어보는 꿈을 꿨었다. 그 후로도 종종 누나는 내 꿈에 등장했고, 주로 헐벗은 상태였으며, 아주 자연스럽게 나의 야릇한 상상 속 주연배우가 되었다. 그러니까 정리를 해보자면…

"그 여자 때문에 그걸 시작했다가, 이젠 매번 그걸 하면서 그 여자가 생각나는 거야."

"흠… 그 여자 때문에 시작했고, 그 여자 생각하면서 하게 됐다라… 그 여자 말고 다른 여자는 생각해 본 적 없고?"

"…없어."

"만나본 적은 있어?"

"있지."

"말도 해봤고?"

"해봤지."

"그땐 기분이 어땠는데? 막 심장이 떨린다거나 숨이 가빠진다거나 손에서 땀이 난다거나 말을 더듬게 된다거나 뭐 그런 증상은 없었어?"

"음… 키스하고 싶던데."

"그럼 좋아하는 거지."

"그래?"

"응. 그럼 좋아하는 거지. 그게 좋아하는 게 아니면 뭐야? 도대체 뭐가 문제인 건데?"

"그냥 이게 예쁜 여자 보면 남자들이 본능적으로 반응하는 그런 수준인 건지 아님 정말 마음이 좋아하고 있는 건지 헷갈려서."

"경락여고에 정윤지 알지?"

"얼굴 탑이라는 걔?"

"응. 벽초에서 제일 예쁘다고 소문난 걔."

"알어."

"걔 보면 키스하고 싶어?"

"아니."

"거 봐. 좋아하는 감정은 이미 시작됐는데 너한테 아직 확신이 없는 거지. 근데 몸은 정직하니까 일단은 먼저 반응하는 거고. 자연스럽게 냅둬 봐. 그럼, 마음으로도 깨닫는 날이 오겠지. 언젠가는."

"그러려나…"

"…신기하다."

"뭐가?"

"너랑 이런 대화를 나누고 있는 거."

"이럴 나이도 됐지 뭐."

"그게 아니고… 죽네 마네 하던 게 엊그젠데 지금은 좋아하는 여자 이야길 하고 있잖아. 사람에게 있어서 지극히 자연스럽고 정상적인 대화 범위 안에 우리가 들어갔다는 게 난 너무 좋아."

오랜만에 형 모드가 작동한 듯, 준희는 나를 보며 아버지 같은 미소를 띠었다.

"좋긴, 별게 다."

괜히 머쓱해진 나는 서둘러 준희를 앞질러 걸었다. 이런 어색한 분위기 정말 닭살 돋으니까.

탁진교 끝자락에 도착했을 무렵, 멀지 않은 곳에서 생활 집기를 때려 부수고 악을 쓰는 소리가 들려왔다. 소란의 정체는 거리상 우리 집 아니면 헤라 누나 집뿐일 건데, 의심의 여지없이 그건 헤라 누나 집이었다.

"그러니까 누가 시집간댔어? 간댔냐고!! 엄마의 그 허영 때문에 마지못해 갔다가 이 꼴 난 거 아냐!!"

"얼씨구? 의사 사모 된다고 좋다고 갈 땐 언제고 이제 와서 내 탓이여 이년아? 도서방이 그렇게 요절해버릴 줄 내가 알고 보냈냐? 알고 보냈어? 왜 나헌티 지랄이여, 이??!!"

한 지붕 아래서 죽지 못해 같이 사는 사람들끼리 서로를 향해 퍼붓는 원망과 비난의 목소리는 쇼미더머니의 배틀을 방불케 했다.

"엄마가 자꾸 뭐라고 하니까 그러는 거 아냐! 남편 잡아먹은 년 꼴도 보기 싫다고 나가라는데 어떡해 그럼! 내가 무슨 힘이 있어 그 집에서!!"

"그래도 버텼어야지! 참았어야지! 가란다고 그냥 나오냐 너는? 지 새끼도 내팽개치구??"

"내팽개치긴 누가 내팽개쳤다고 그래? 나라고 뭐 윤제 두고 오고 싶었겠어? 엄마는 엄마라는 사람이 같은 엄마 심정을 그렇게도 몰라?"

"엄마는 무슨. 너 같은 년이 무슨 에미여, 에미는! 윤제를 위해서라도 싸웠어야지!"

"나도 뺏긴 거야. 분통 터지고 억울하고 하루에도 수십 번씩 억장이 무너져!! 내 새끼 보고 싶어 미치겠다구 나도!! 그치만 어떡해. 내가 생각해도 이런 시궁창에서 홀엄마랑 가난에 허덕이며 사는 것보단 의사 집안에서 풍족하게 누릴 거 다 누리고 사는 게 훨씬 나은 걸!!"

"으이그 이 병신 같은 년아! 니가 그러니까 안 되는 거여 니가 그러니까!!!! 곧 죽어도 윤제를 데리고 나와서 양육비도 받아먹고! 윤제 잘 키워서 그 집 병원도 물려받게 헐 생각을 했어야지! 어찌 그리 생각이 짧고 단순할까, 내가 진짜 답답

해서 아주!!"

"자식도 모자라서 손주까지 그렇게 돈벌이로 쓰고 싶어 엄마는? 나 하나 팔아먹은 걸로는 만족이 안 돼? 어쩜 그렇게 생각 하나하나가 잔인하고 징그럽냐 엄마는!! 그러니까 아빠도 못 견디고 그렇게 죽어버린 거지. 내가 괜히 박복하겠어? 박복한 년 밑에서 그지 같은 팔자 고스란히 다 물려받고 태어난 걸 누구 탓을 해?!"

철썩! 하고 매서운 소리가 났다. 오가는 대화의 수위로 보아 어느 정도 예상된 전개였다. 곧이어 아주머니의 쇠를 갈아먹은 듯한 곡소리가 이어진다. 불순물이 잔뜩 섞인 곡소리다. 결국 누나는 견딜 수 없는 감정을 안고 문을 박차며 나왔다. 남의 집 대문 앞에 서서 그 집의 송사를 훔쳐 듣고 있었던 우린, 미처 피할 겨를도 없이 빨갛게 오른 얼굴을 부여잡고 나오는 누나와 맞닥뜨려야 했다.

누나는 울고 있었다. 눈물이 그렁그렁 맺힌 서글픈 눈동자가 나를 쓰윽 쳐다보고 우기천 쪽으로 사라지는 그 찰나의 순간이 마치 영겁의 시간처럼 흘러갔다. 아주 천천히 아주 애처로운 모습으로. 괜찮냐고 물어봐야 해! 뇌에서 신호를 보냈을 땐 이미 누나는 어둠 속으로 사라지고 없었다. 남은 건 여전히 울려 퍼지고 있는 아주머니의 곡소리와 놀란 준희, 그리고 어쩌지 못하고 있는 나였다.

"이게 다 무슨 소리야? 알고 있었어?"

"응."

"어떻게?"

"슈퍼에 하루만 나가 있으면 다 알게 돼."

"우와. 난 헤라 누나가 집에 온 것도 몰랐는데…"

"너는 관심이 없는 상대니까. 그만 가자."

나는 성큼성큼 계단을 올랐다. 아주머니의 곡소리는 끝도 없이 울려 퍼지고 있었다. 근데 도대체 아주머니는 뭐가 그리도 원통하셔서 저런 소릴 내고 계신 걸까. 전후 상황 다 잘라먹고 들어도 지금 소리 높여 울어야 할 사람은 영락없는 누나 같은데.

누나는 자정이 넘어서까지도 돌아오지 않고 있었다. 나는 슈퍼 열쇠를 몰래 챙겨 나와 돌계단에 앉아 누나를 기다렸다. 추리닝에 슬리퍼 신고 뛰쳐나간 사람이 어디 멀리 갔을 리도 없고, 차림새가 낯부끄러워서라도 해 뜨기 전엔 올 테지 싶었다.

다리를 쭉 폈다 접었다 기지개를 켰다 허리를 흔들었다 하
품까지 두어 번 하고 나자 어둠 속에서 슬리퍼를 처량맞게
끌고 오는 소리가 들려왔다. 나는 얼른 자세를 고쳐잡고 앉
았다. 그 와중에도 최대한 멋있어 보이는 자세를 취했던 것
같다.

이윽고 누나의 모습이 시야에 들어왔고, 나를 발견한 누나
역시 처량맞은 걸음을 멈춘다.

"이제 와?"

내가 먼저 입을 열었다.

"뭐해 여기서?"

누나의 목소리는 건조하게 갈라지고 있었다. 아무도 못 보
고, 아무도 못 듣는 곳에서 실컷 울고 돌아온 것 같았다.

"누나 기다렸어."

"나를 왜?"

"걱정돼서."

"늦었다 자라."

나를 외면하고 집 안으로 들어가려던 누나의 손목을 낚아
채듯 붙잡았다. 조금만 세게 잡았더라면 부러졌을지도 모를
만큼 앙상한 손목이었다.

"배 안 고파?"

기다렸다는 듯 누나의 배는 꼬르륵 소리를 토해냈다. 누나
는 민망해 죽겠다는 얼굴이다.

"가자."

나는 누나의 손목을 잡고 계단을 올랐다.

"어딜? 너네 집 가자고? 싫어."

"우리 집 가는 거 아니야."

"그럼 어디 가는 건데?"

누나는 반은 자의로 반은 타의로 내게 이끌려 왔다.

슈퍼 안에는 작은 골방이 하나 있었다. 아버지가 종종 낮잠
을 주무시는 공간이었는데 두 평 남짓 될까 말까 한. 그것도
방은 방이라고 웬만한 세간살이는 다 마련되어 있었다.

"즉석식품도 있고 라면도 있고. 뭐 먹을래?"

"그냥 담배나 한 갑 줘."

"그건 식후에. 일단은 뭐 좀 먹어. 그러기 전엔 담배 없어."

박력이 넘친다. 내가 생각해도 그 순간의 나는 좀 멋있었다.
많이 어른 남자 같았달까? 이런 나를 보는 누나의 눈빛도 흔
들린다. 설레거나 감정의 이동이 묘해서라기보단 그냥 얘가

왜 이러지?에 더 가까워 보였지만.

"컵라면 먹자. 그게 치우기도 편하고. 잠깐만 있어."

나는 전기 포트에 끓인 생수를 컵라면 두 개에 나눠 붓고, 나무젓가락을 챙겨 골방으로 돌아왔다. 누나는 벽에 등을 기대고 무릎을 모아 끌어안은 자세로 앉아 있었다. 다소 안정을 찾은 얼굴로.

나는 누나 옆에 같은 자세로 붙어 앉았다.

"이제 좀 괜찮아?"

"…소주는 없니?"

3분을 가만히 있기가 고됐던 나의 물음에, 누나는 누나 다운 대답을 한다.

"있지. 없을 리가 있어?"

소주 한 병과 종이컵을 챙겨 돌아오니 누나는 벌써 컵라면을 열고 휘휘 젓고 있었다. 오랫동안 굶주린 사람처럼.

"컵 말고 빨대로 줘."

"소주를 빨대로 마시려고?"

"응."

나는 군말 없이 빨대를 가져다준다. 그 사이 누나 입속으로 덜 익은 면발 가닥이 후루룩 들어갔다. 나는 소주 병에 빨대를 꽂아 누나에게 내밀었다.

"땡큐."

누나는 소주를 콜라 마시듯 힘차게 흡입했다.

"아, 이제야 좀 살겠네."

잔으로 털어 넣는 것보다 훨씬 많은 양을 한 번에 들이마
신 누나는 갑자기 모든 걸 다 내려놓은 사람처럼 거리낌이 없
어지기 시작했다. 좋게 보자면 우리 사이가 좀 더 편하고 가
까워진 거고, 안 좋게 보자면 우리 사이에 있던 남과 여라는
이성의 경계선이 무너진 순간이었다. 아, 이건 나에게만 안 좋
은 건가?

"그동안 소주가 얼마나 마시고 싶던지… 집에서는 엄마 때
문에 못 마시고 밖에서는 동네 사람들 눈치 땜에 못 마시고."

"그냥 마시면 되지. 동네 사람들 눈치를 뭐 하러 봐?"

"어떻게 안 보니? 과부년이 신세 한탄 하면서 소주나 퍼마
시고 사나 보다 하실 텐데들."

"앞으로 술 마시고 싶으면 말해. 내가 갖다줄게."

"슈퍼 집 아들이랑 친해두면 이런 게 좋네. 너도 한잔할
래?"

"아니 난 됐어."

"안 마시는 거야 못 마시는 거야?"

"안 마시는 거지."

둘 중 누구 한 사람은 맨정신이어야 할 밤이었기에.

"너도 참 재미없게 산다. 지난번에 보니까 담배도 안 피는 것 같던데… 고등학생이 술 담배도 안 하고 무슨 재미로 살아?"

"그냥 사는 거지 뭐."

"술 담배가 재밌는 것도 딱 고등학생 때까지야. 이것도 합법인 나이가 되면 그닥 재미가 없어진다."

"그럼 왜 하는데?"

"그냥 습관인 거지 이젠."

누나의 대답은 뒷맛이 씁쓸했다. 말로는 고등학생 때만 할 수 있는 일탈을 즐겨보라는 것 같았지만 속사정을 들여다보면 일탈로 가득했던 자신의 고등학교 시절을 후회하는 느낌이었다. 나는 할 말이 없었다. 자살한 일본 작가들이 가르쳐 준 인생에도 이런 인생은 아직 없었다. 우린 말없이 몇 분을 그저 보내야만 했다.

소주가 바닥을 보일 즈음.

"솔직히 말하면 나는 결혼이 하기 싫었어."

어떠한 추임새 없이 나는 누나의 얼굴을 바라보며 경청의 자세를 취했다.

　"너도 알겠지만 내가 어릴 때 좀 놀았니? 책 한 번 들여다보지 않고 살았는데, 스무 살이 넘고 나서야 그게 조금씩 후회가 되는 거야. 한 2년만 일찍 후회를 했더라면 어땠을까 싶었지. 터미널에서 표를 끊어주면서 나도 저들처럼 어디론가 떠나보고 싶다 했는데, 그러기엔 돈도 없고 공부한 것도 없으니 어디로 떠나야 할지도 모르겠는 거야. 벽초 밖으로 어떤 세상들이 있는지 알 수 없으니 말야. 그래서 이제라도 공부를 해서 대학이라도 가보자 하는 마음이 생겼지. 그 말을 엄마한테 했더니 가당치도 않은 소리 말라며 비웃더라? 지금 우리 형편에 인생을 역전할 수 있는 길은 오직 남자 잘 만나서 시집가는 거뿐이라고. 우린 집안도 재력도 학벌도 뭐 하나 내세울 게 없으니 오직 내가 한 살이라도 어리고 예쁠 때 얼굴 하나 들이밀고 가는 수밖에 없다고 말야. 그러면서 나 대신 여기저기 선 자리를 찾아다니는 거야. 그러더니 기어이 도서방을 잡아온 거지. 여자 인생 별거 없다. 그냥 평생 나 안 굶기고 사모님 소리 듣게 해주는 남자면 된다. 나중에 늙어서 여자 혼자 사는 거만큼 없어 보이는 게 없다고… 순전히 그

성화에 못 이겨서 했는데… 혼자 늙으면 추할까 봐, 돈 없이 늙으면 더 불쌍할까 봐. 그래서 사랑이고 나발이고 아무것도 안 보고 오로지 조건만 보고 갔는데 결혼 3년 만에 남편이 죽어버렸네? 나를 애 딸린 과부로 만들어놓고. 내가 모은 재산도, 내 명의로 된 것도 아무것도 없는데 말야. 지난 3년 동안, 안 사느니만 못한 인생을 산 거야 나는. 차라리 시집 안 가고 그냥 매표소 창구 직원만 했어도 이 정돈 아니었을 걸?… 아니다. 훨씬 나았겠다. 적어도 내 명의로 된 적금 통장 하나 정도는 있었을 테니까… 후우, 내가 어쩌다 이렇게 됐지? 내 또래 애들은 대학 졸업하고 취업 준비하고 그러는 나이에, 집에서 맘 편히 소주도 못 마시는 인생이 됐어 왜 나는."

긴 푸념 끝에 누나는 결국 다시 울었다. 나는 그 흐느끼는 어깨를 가만히 다독였다. 한 손에 다 잡힐 만큼 종잇장 같은 어깨라니. 부잣집 며느리로 3년간 살다 온 사람이라기엔 가여울 정도로 앙상했다.

도대체 어떤 것일까. 혼자 늙는 게 두려워 누군가와 인생을 결탁했는데, 그 사람이 늙기도 전에 죽어버렸을 때의 심정이란. 속된 말로 내 몫은 챙기기도 전에, 있던 몫만 다 잃고 판이 깨졌을 때 오는 상실감이란 또한 절망감이란. 사람들이 이런 순간에 신을 찾는 것일까? 그 신은 과연 어떤 답을 내려주는 것일까. 무엇으로 그 가여운 어린 양들을 위로하는 걸까. 그러니까 한마디로 지금 이 순간 내가 누나에게 해줄 수 있는 최선은 무엇인 걸까.

누나는 울다가 잠이 들었다. 나는 누나에게 무릎을 내주었다. 내 무릎을 베고 누나는 세상이 파랗게 뒤덮이는 순간까지 잠을 잤다. 오늘 내가 그녀에게 할 수 있는 최선은 무릎까지다. 그리고 무릎에서부터 전해지는 찌릿한 전율이 말해주고 있었다. 내게 비로소 첫사랑이 도착했노라고.

나는 종종 누나를 위해 늦은 밤 슈퍼를 열어 주었다. 우린 그곳에서 식량을 거덜 내며 자유를 만끽했다. 물건이 한 번씩 빌 때마다 아버지는 나를 의심하시는 듯했지만 크게 내색하거나 따로 추궁하진 않으셨다. 슈퍼에서 뭘 하든 번개탄에 심취하는 거보단 낫다 싶으신 것 같았다.

우린 주로 수다를 떨었지만 가끔씩 누나 취향에 맞는 영화나 드라마를 볼 때도 있었다. 누군가의 눈엔 연애라 불릴 만한 그것을 우리가 하고 있었는지도 모르겠다. 확실한 건 나는 사랑을 하고 있었다는 것이다. 그리고 그 사실보다 중요한 건 없었다.

일교차라는 것이 생길 즈음.

감기 기운이 있어 보이는 누나를 집까지 바래다주던 새벽 4시 무렵.

누나는 집으로 들어가려다 말고 물었다. 민소매 원피스 위에 얇게 걸친 카디건을 한 번 여미고, 들꽃 향이 나는 긴 머리카락을 손으로 한 번 쓸어넘기며.

"왜 죽으려 했어?"

그동안 아무도 묻지 않았던. 일부러라도 피하기만 급급했던 금지된 질문을.

"어떻게 알았어?"

"그날 119에 신고한 게 우리 엄마였으니까. 윗집 창문에서 연기가 난다고."

"언제부터 알았는데?"

"그날 알았어. 엄마가 호들갑 떨면서 전화했었거든. 윗집 둘째가 죽은 것 같다고."

"죽은 줄 아셨구나."

"처음엔… 왜 그랬어?"

"그냥."

"그냥?"

"응. 그냥. 어차피 죽으면 그만인 인생 굳이 힘들게 살 필요가 없는 것 같아서. 의미가 없으니까."

"이젠 의미가 좀 생겼니?"

"내가 죽은 것 같다는 얘기 들었을 때 누나 기분은 어땠는데?"

"철렁했지 뭐. 그 꼬맹이가 왜 그랬을까 싶어서."

누나는 머리칼을 넘기던 손을 뻗어 나의 왼쪽 뺨을 어루만졌다.

"…다행이야. 이렇게 살아 있어서."

그때 본능적으로 나는 알았다. 지금 이 순간을 놓치면 두 번 다시 기회는 오지 않을 거라는걸.

나는 곧장 두 손으로 누나의 얼굴을 부여잡고 어디선가 본 대로 키스를 했다. 눈은 자연스럽게 감겼다. 대부분의 사람들이 키스를 할 때 눈을 감는 것은 분위기상 민망할까 봐 일부러들 감나 보다 생각했던 나의 이론이 틀렸다는 것을 느끼며.

누나는 이런 전개를 어느 정도 예상했었는지 들꽃 향을 풍기며 가만히 내게 머물러 있었다. 누나가 나를 밀쳐내거나 도

망가지 않을 거란 확신이 들자 얼굴에만 머물렀던 손은 자연스럽게 등을 타고 허리춤으로 내려간다. 왼팔로 허리를 감싸고 오른팔로 어깨를 감싸고, 있는 힘껏 누나를 안아들고 서로의 심장을 맞댄 채 입술과 입술 사이로 감정을 나누는 행위. 키스는 나의 상상보다 훨씬 황홀하고 뜨거운 것이었다. 없던 의미도 당장에 만들어주는 마법과도 같은 것이었다.

그로부터 일주일 동안 누나에게서 옮겨온 감기를 고스란히 앓아야 했지만, 그 감기가 꼭 무슨 훈장이라도 된 것 같아 나는 기분이 좋았다. 준희와 훈이는 아직 한 번도 받아보지 못한 그런 훈장. 어쩐지 내가 그들보다 한 단계 위로 올라선 느낌이다. 뭔가 더 고등 생물이 된 것만 같은 느낌. 당분간은 즐겁게 살아보자라는 생각이 전두엽을 스치고 가는 그런 것. 사랑은 그런 거였다.

이보다 더 완벽할 수 없는 가을에 취해가던 어느 날, 나는 한 통의 전화를 받았다.

"고연우 씨 댁인가요?"

아주 오래전에도 이와 같은 전화를 받은 적이 있었다. 천지 분간 못할 것 같은 어린 목소리에 당황한 상대방은 어른 계시니라고 물었었고, 나는 잠시만요를 외치고 슈퍼까지 한달음에 달려가 엄마를 데리고 왔었다. 새벽에 내린 비에 젖은 낙엽이 굴러다니던 골목길. 흙냄새 구수히 풍겨오고, 급한 대로 신고 나갔던 아버지 슬리퍼는 자꾸만 벗겨져, 앙증맞은 발가락에 안간힘을 주며 뛰었던 그날의 기억.

"맞긴 한데, 어디시죠?"

"여기 국가보훈처입니다."

"국가보훈처에서 무슨 일이세요?"

"고연우 소위님께서 현충원 안장 대상자로 선정되셔서 연락드렸습니다. 이번 국군의 날 행사 때 혹시 참석해 주실 수 있을까요?"

사건의 경위는 이러했다. 새 정부가 들어서고 모든 국가 기관의 수장이 바뀌면서 군대 내 사망 사건에 대한 전면 재조사가 이루어졌고, 그 과정에서 10년 전엔 자살로 결론 났던 삼촌의 죽음이 임무 중 일어난 사고사로 정정되면서 순직 처리가 된 것이었다.

내게서 소식을 전해 들은 엄마는 오래전 그날처럼 또 한 번 주저앉아 가슴을 치며 통곡을 하셨다. 그 소리를 듣고 있자니 나도 자꾸만 속이 울렁거려왔다. 삼촌의 죽음은 그때의 내게 이렇게 말했었다.

열심히 살 필요가 없어. 세상은 그리 정의롭지 않거든. 열심히 꿈꾸며 산 인생과 그냥 되는대로 산 인생의 결과는 기껏해야 한 끗 차이란다. 꿈을 이룬 사람은 그들 중 단 한 명뿐이야. 나머지는 그들의 들러리만 서다 끝나거나, 나처럼 결과를 보기도 전에 죽어버릴 수도 있어 준경아. 그러니까 열심히 살지 마.

하루 종일 가랑비가 추적추적 내리던 날, 우리 가족은 이름도 없는 작은 납골당에 볼품없이 안치되어 있던 삼촌의 유골함을 현충원으로 이장했다. 비록, 임기를 다 마치지 못한 장교 신분이었지만 그래도 전직 국방부 장관들과 함께 현충원에 잠들게 되었으니 이로써 삼촌의 꿈이 반은 이루어졌다고 생각해야 할까? 방향과 방식이 아주 잘못되긴 했으나 결과적으론 현충원에 누운 군인으로 남았으니 삼촌은 이제 덜억울할까? 근데 삼촌. 나는 왜 이게 무서운 걸까? 국가의 수장이 누구냐에 따라 사고사가 자살이 되기도 하고, 자살이다시 사고사가 되기도 하는 이 세상의 요상한 기준이 나는너무 무서워 삼촌. 혹시라도 다음 수장이 이걸 또 뒤집는 건 아닐까 싶어서. 이런 일은 부디 삼촌이 마지막이어야 하는데 지금도 어디선가 누군가는 억울하게 잠들고 있는 건 아닐까 싶어서. 그게 당장 2,3년 후의 내가 되는 건 아닐까 싶어서. 그럴 수도 있을 것만 같아서. 그럼 지금 이 순간도 결국 의미가 없어지는 거잖아. 다시 살아갈 이유가 없어지는 거잖아. 삼촌, 삼촌은 지금 행복해? 말해줘. 그렇게 울지만 말고.

어디선가 그날의 젖은 낙엽 냄새가 나는 것만 같다. 내가 달렸던 그 골목길 어딘가로 삼촌의 얼굴이 지나간다.

겨울

冬

한 번 지나가면
다신 돌아갈 수 없는 시절…

그러니 사랑해 줘.
너의 시절을.

온종일 입김이 끓는 계절이 왔다.

그동안 헤라 누나와는 수천 번의 키스가 흘러갔다. 우린 거의 매일 밤을 만났고, 만나는 모든 순간이 황홀 그 자체였다. 그래도 키스 그 이상의 선은 아직 넘지 않았다. 나는 감히 거기까지는,이란 생각이었고 누나는 차마 여기까지는,이란 생각인 것 같았다. 아무렴 어떤가? 그저 같은 공간에서 같은 밤을 보내고 있다는 사실만이 중요할 뿐, 다른 건 뭐 어떻든 그저 좋았다. 눈만 마주쳐도, 손끝만 스쳐도, 우리 사이엔 별 빛이 무수히 쏟아져 내렸으니까. 훈이가 그동안 입버릇처럼 말했던 '살아 있으니까 이런 것도 해보는 거야'라는 말을 인정할 수밖에 없는 날들이 계속되고 있었다. 매 순간 꽃이 피어나는 날들이.

이런 아름다운 인생을 혼자만 즐기는 게 슬슬 미안해지려던 찰나, 준희에게도 기적이 일어났다.

"온대 온대!!!!"

하늘이 부쩍 회색빛을 띠고 있었지만 그래도 첫눈은 아직 이르겠지 싶었던 일요일. 준희가 대뜸 내 방으로 들어와 미친 사람처럼 날뛰기 시작했다.

"뭐가 뭐가? 무슨 일이야? 왜 그래??"

생전 그런 적이 없던 애가 당장에라도 지붕을 뚫고 튀어 오를 것처럼 팔딱거리는데, 처음엔 어디서 벌에라도 쏘이고 온 건가 했었다.

"안젤라 윤이 온대!! 안젤라!! 안젤라!!! 마이 안젤라가 한국으로 온대!!! 2018 신년콘서트!!! 나 어떡해!!!!"

준희에겐 실로 엄청난 일이었다. 아니, 엄청나다는 표현만으로는 다 담을 수 없을 위대하고 거룩한 일이었다. 비유를 굳이 들자면 독실한 교인에게 살아 있는 하느님을 직접 영접할 수 있는 자리가 생겼다는 거와 마찬가지인데, 이 정도 반응이면 오히려 덤덤한 축에 속하리라 싶었다.

"오 잘됐네! 축하한다!! 그 정성에 하늘도 감동했나 봐. 니가 미국으로 가기 전에 알아서 먼저 와주고!"

"그러니까!! 야 나 지금 꿈꾸고 있는 거 아니지?? 응?? 이거 실화지?? 그치??"

"그래, 실화다!!"

한참은 형인 것처럼 굴 땐 언제고, 이토록 어린아이 같은 모습이라니. 나는 피식 웃음이 터졌다. 청정지역에서 1나노그램의 오염도 되지 않은 순수하고 맑은 영혼을 보는 것 같았다. 정말 너랑 나랑 한배에서 나온 쌍둥이라고?

"티켓팅은 2주 뒤에 있대! 그때 너도 도와야 돼!! 알지? 엄청 치열할 거야 분명. 지난번 조성진 콘서트도 1분 만에 매진됐었단 말야. 이번에도 분명 초를 다투는 싸움이 될 거야. 마음 단단히 먹어! 알았지?"

대체 누가 할 소린지.

그 후로 티켓팅을 기다리는 2주 동안 준희는 혼이 반쯤은 나가 있는 사람처럼 살았다. 티켓팅에 용이하도록 컴퓨터를 업그레이드하고, 뮤지컬계에서 최고의 티켓 파워를 자랑한다는 가수의 팬카페에 가입해 티켓팅에 성공하는 노하우를 전수받는가 하면, 다른 공연들을 상대로 예행연습에까지 이를 정도였다. 옆에서 보고 있으면 참 애쓴다를 넘어 가관이라는 소리가 절로 나올 만큼 준희는 티켓팅 성공에 사활을 걸고 있었다. 필사즉생 필생즉사를 외쳤던 이순신의 자세로.

2주는 금세 도착했다. 티켓팅은 목요일 오후 2시였는데, 준희와 훈이는 각자 그럴듯한 핑계를 대고 조퇴를 했고 나는 그냥 땡땡이를 쳤다.

"나는 1층, 훈이는 2층, 그리고 준경이가 3층을 맡아! 일단 예매 창이 열리고 나면 좋은 자리 같은 거 재고 따지고 할 시간 없어. 그냥 눈에 보이는 자리 아무거나 눌러. 어디든 상관없으니까 일단 골라. 그리고 결제 방법은 무통장 입금! 간단하지?"

2시 5분 전, 우리 셋은 각자의 컴퓨터 앞에 앉아 예매 사이트를 띄워놓고 2시 정각이 되기만을 기다렸다. 훈이는 이 순간을 위해 둘째 누나의 고사양 노트북까지 빌려와 대기 중에 있었다. 공연히 긴장이 밀려온다. 이게 뭐라고 참.

모니터 하단의 시계만 보면서 침을 꼴깍 삼키길 몇 번. 이윽고 1자가 2로 바뀌는 순간, 우린 빛의 속도로 마우스를 눌렀고, 동시에 훈이와 준희에게선 아찔한 탄식이 터져 나왔다. 트래픽 초과로 인해 둘 다 예매 창 대신 대기 번호가 뜬 것이다. 예매 창이 열린 건 가장 저사양의 오래된 컴퓨터를 쓰는 나뿐이었다.

"강준경! 1층! 1층!"

준희의 숨넘어가는 소리가 들려왔다. 나는 최대한 침착하고 대담하게 1층 맨 앞자리 석을 고르고 결제를 눌렀다. 예매는 성공이었다. 이 모든 일이 이루어지는 데 걸린 시간은 정확히 10초. 그리고 20초 뒤 모든 표는 매진되었다.

"으악, 강준경!! 강준경!! 강준경!!!"

준희는 집이 떠나가라 내 이름을 외치며 나에게로 달려들었다.

"역시 내 동생!! 사랑해 진짜!! 완전 사랑해!! 너밖에 없다 진짜!! 이런 멋진 자식!! 니가 세상에서 제일 잘 생겼어!! 정우성 이정재보다도 멋져!! 진짜야!!!"

준희는 나를 끌어안고 얼굴 여기저기에 닥치는 대로 뽀뽀를 퍼부으며 흥분을 주체하질 못했다. 오두방정 떠는 찰거머리를 밀어내면서도 나는 이상하게 웃음이 났다. 지금 이 순간만큼은 준희에게 난 신과 다를 바가 없었다. 자신의 인생을 구원한 신. 자신의 세상을 구원한 신. 마치 오늘을 위해 태어난 사람 같은 기분이 들 정도로 준희는 나에게 고마워했다.

이제 콘서트까지 남은 시간은 대략 6주.

준희는 매일 새벽 집에서 선모사까지 왕복 40분 거리를 달리기 시작했다. 몸을 만들겠단 의도였다. 그리고 밤마다 피부 관리를 한답시고 팩을 붙이고 누워 있는데 도대체가 콘서트를 보러 가는 사람인지 콘서트를 하러 가는 사람인지 헷갈릴 정도였다.

"아니 뭐 이렇게까지 해? 누가 보면 니가 무대에 올라가는 사람인 줄 알겠어."

준희를 따라 새벽길을 달리며 나는 물었다.

"혹시 모르잖아? 맨 앞자리에 앉아 있다가 눈이라도 마주칠지!"

"마주치면 마주치는 거지. 아무렴 뭐 안젤라가 전화번호라도 줄까 봐? 안젤라 눈에 넌 그냥 수많은 관객 중 한 명인걸."

"기왕이면 멋있는 관객으로 기억되고 싶단 말야. 그리고 혹시 알어? 정말 무슨 일이라도 생길지! 뮤지컬 배우들 중에 자기 팬이랑 결혼한 배우들이 얼마나 많은데! 인생은 알 수 없는 거야. 안젤라의 내한 공연부터가 얼마나 놀라운 일이냐? 기적은 또 일어날 수 있어! 나는 그 기적에 대비해야 돼. 언제 어느 순간에 날 찾아올지 모르는 거니까! 하아, 정말이지 마법을 걸 수 있었으면 좋겠다. 매일 밤 내가 그녀의 꿈속으로 날아갈 수 있도록. 그럼, 공연장에서 안젤라가 날 보고 얼마나 놀라겠어? 꿈속의 남자가 눈앞에 딱! 나타났으니! 얼마나 운명적이겠어?"

준희는 달리면서도 꿈을 꾸고 있었다.

"미쳤구만."

말은 그렇게 했지만, 솔직히 그런 준희가 한편으론 멋있었고 한편으론 아름다웠다. 신기한 일이다. 세상에 부러울 거 하나 없는 사람처럼 웃는 얼굴이라니. 돈과 여자, 미국이라는 거대한 국가까지 집어삼킨 트럼프조차도 이 정도로 웃지는 못할 것 같은 풍요로운 얼굴. 그간 내가 봐온 모습들 중 준희가 가장 빛나던 순간이었다.

시간은 정직하게 흘렀다. 우린 첫눈을 보며 기말고사를 치렀고 아침 달리기, 피아노 학원, 피자 배달 아르바이트, 매일 밤 피부 관리까지 공사다망한 와중에도 준희는 1등을 했다. 나도 성적이 올라 처음으로 20등 내로 진입했다.

참 모를 일이었다. 나는 대체 왜 성적이 오른 거지? 공부를 안 했기는 예나 지금이나 별 차이가 없는데. 다만 달라진 것이 있다면 이번엔 무조건 찍지 않고 문제를 읽고 푸는 최소한의 시늉은 했다는 정도? 고작 이 정도로 성적이 그만큼 오른 거라면 난 정말 비상한 두뇌의 소유자였던 걸까? 흠… 어쨌든 방학이다!

준희는 곧 체르니 30번에 들어간다며 자랑을 했다. 여전히 나는 피아노를 몰랐지만, 기말고사 1등 한 거보다도 더 어깨를 으쓱하는 걸 보면 어지간히도 대단한 일이겠거니.

정작 내가 놀란 사람은 훈이었다. 독일에서 수입한 영양제를 먹는다더니 그게 정말 엄청난 효과를 낸 건지 3개월 사이에 무려 8센티미터나 자랐다. 160에 간당간당했던 애가 이젠 170이라고 우겨도 무방할 만큼 커버린 것이었다. 거기다 연기학원을 다니면서 사투리도 완전히 고치고, 치아 교정의 효과가 서서히 나타나면서 얼굴도 부쩍 갸름해진 것이, 작고 못생긴 아이에서 이젠 적당히 봐 줄 만한 남자가 돼가고 있었다.

"역시, 그 나이에는 정말 요술 같은 일들이 펼쳐지는구나."

시시콜콜한 나의 수다를 경청해 주던 헤라 누나가 말했다.

"좋을 때야. 소중하게 여겨. 정말 찰나에 지나가는 시기니까. 그땐 매 순간 인생이 바뀌어. 지금도 너의 인생은 바뀌고 있을걸?"

"누나도 아직 어려. 스물다섯이면 뭐든 할 수 있는 나이지."

"그 뜻이 아니야. 스무 살부터의 인생은 돌아갈 수 있는 기회와 바로잡을 수 있는 기회가 있어. 본인이 얼마나 노력하느냐에 따라 몇 번도 기회를 만들 수 있지. 쉬운 예를 들자면, 내가 다니는 학교가 마음에 안 들 땐 언제든지 그만두고 다른 학교로 갈 수 있지. 전공도 바꿀 수 있고 다시 1학년으로 돌아갈 수도 있어. 잠깐 쉬었다 다시 다닐 수도 있고 아주 그만둘 수도 있어. 어쩌다 결혼을 했는데 그게 실수라고 생각되거나 혹은 뒤늦게 진짜 사랑을 만났다면 이혼하고 다시 시작할 수도 있어. 물론 남들의 시선을 신경 쓰지 않고 살 수 있을 만큼의 배짱은 필요하겠지만. 직업도 마찬가지야. 나의 선택에 따라 여러 번 바꿀 수 있어. 그저 내가 하기에 달린 거니까. 하지만 10대 시절을 경험할 수 있는 기회는 정말 인생에 딱 한 번. 오직 그때 그 순간뿐이야. 고3이 싫다고 다시 고1이 될 수 없고, 나이가 같은 친구들끼리 같은 추억과 같은 문화를 공유할 수 있는 것도 오직 그때뿐이지. 대학만 가도 같은 학년에 동갑 친구는 얼마 없어. 다들 재수하고 삼수하고 군대 다녀와서 복학하고. 내 친구는 대학 졸업 때 제 나이에 졸업하는 유일한 졸업생이었대. 다들 휴학하고 중간에 취업하고 하니까… 그래서 소중한 거야 소년기가. 한 번 지나가면 다신 돌아갈 수 없는 시절… 그러니 사랑해 줘, 너의 시절을."

누나가 해주는 말은 늘 와닿았다. 설령 그 의미를 온전히 이해하진 못하더라도 분명 어딘가에선 울림이 일고 있었다. 그리고 나는 그 울림을 사랑의 한 가지 형태로 간주했다. 이 되돌릴 수 없는 시절 안에서 우리 모두는 저마다 사랑을 하고 있었다.

12월 중순. 본격적인 크리스마스 시즌이 시작되면서 거리는 온통 축제 분위기로 물들어갔다. 읍내의 가게들은 한 집 걸러 한 집꼴로 트리 장식이 세워졌고 당장에라도 눈의 여왕이 튀어나올 것 같은 노래들이 거리로 퍼져 나오고 있었다. 대부분의 사람들이 그 분위기에 취해 들썩였지만 나는 이상하게 조금의 동요도 되지 않았다. 아무래도 아침에 별안간 떠올라 내내 흥얼거리게 만든 그 노래 때문인 것 같았다.

그냥 그런 날이 있다. 유독 한 노래가 계속 귓가에, 입가에 맴도는 날. 평소 좋아했던 노래도 아니고 즐겨듣던 노래도 아니고 시즌 분위기와 어울리는 노래도 아닌데, 그냥 문득 떠올라 끊임없이 머릿속을 돌아다니는 그런 노래. 그런 날.

'못된 못된 나를 잊어주기를… 제발 제발 눈물로 앓지 말기를…'

이승환의 '당부'였다. 아주 오래전에 어디선가 우연히 듣고 는 뭐 이렇게까지 슬픈 노래가 다 있냐 했던 그 노래를 나는 반복적으로 흥얼거리며, 금방이라도 함박눈이 쏟아질 것 같은 하늘 밑을 걸어 아버지가 계신 슈퍼로 향했다.

"말씀하신 거 사 왔어요."

나는 전통시장에서 사 온 꽃씨를 내밀었다.

"있든?"

"네. 상사화는 잘 안 찾는 건데,하면서 주시던데요?"

"다행이네. 민국이 할아버지가 꼭 좀 구해달라고 부탁 하셨는디."

"이 겨울에 꽃씨는 얻다 쓰신대요?"

"뒷마당에 하우스 만들어놓고 심으신댜."

"의외네요. 맨날 정자에 앉아서 화투만 치시는 줄 알았더니 그런 데에 취미도 다 있으시고."

"아녀. 약초로 쓸려고 그러시는 거지."

"이게 꽃이 아니고 약초예요?"

"줄기를 약초로도 쓴대? 뭐 종기도 없애고 옴도 없애고 소아마비 진통 효과도 있고 그렇댜."

"그냥 병원 가서 약을 타시지."

"그거야 노인네 마음이겠지. 여튼 읍내까지 다녀오느라 수고했어. 과자라도 한 봉지 들구 가."

나는 감자향을 풍기는 과자 중 한 봉지를 들고 슈퍼를 나왔다. 준희를 줄 요량이었다.

엄마는 세탁소에서 다림질하는 데 여념이 없고, 아버지는 물건 정리하는 데 여념이 없고. 그 익숙한 풍경을 뒤로하고 나는 18년째 다녔던 길을 걸어 집으로 돌아온다. 뭐 하나 특별할 거 없이, 어제처럼 그제처럼 평온하게만 흘러가고 있는 오늘. 다만, 다른 것이 있다면 온종일 내 머릿속을 떠나지 않는 슬픈 노래가 있다는 것뿐.

준희는 아르바이트를 가고 없었다. 주인 없는 방 책상 위에 과자를 올려두고 나오던 내 눈에 잘 다려져 반듯하게 걸려 있는 슈트가 보였다. 그건 준희가 안젤라 윤의 콘서트에 입고 가겠다며 며칠 전 훈이와 함께 대전까지 나가 백화점에서 맞춰온 명품 브랜드의 슈트였다. 거기에 신을 명품 구두에, 안젤라를 위한 선물에, 미용실 가서 머리까지 하는 등. 그간 열심히 피자를 날라 모은 돈을 준희는 원 없이 쓰고 왔었다. 돈의 힘인 건지 그냥 기분 탓인 건지는 모르겠으나 콘서트에 갈 복장을 완전 착용한 준희는 인물이 확 피어 잘생기다 못해 세련된 느낌마저 풍겼다. 저러다 진짜 안젤라랑 눈이라도 맞고 오는 거 아닌가?하는 공연한 상상까지 일으킬 정도로 준희의 사랑은, 처음엔 말도 안 된다며 코웃음쳤던 것들을 이젠 어쩌면 그렇게 될 수 있을지도 모르는 일이라는 기대로 바꾸어놓고 있었다. 내가 최면에 걸린 건지 준희에게 세뇌를 당한 건지, 헤라 누나가 말한 대로 그 순간에도 준희의 인생은 바뀌고 있었다.

누군가의 눈에도 내 인생이 조금씩 바뀌고 있을까라는 생각으로 오후 나절을 보낼 즈음, 기어이 하늘에서는 눈이 쏟아지기 시작했다. 어쩐지 심상치 않더라니. 기분이 괜히 이상한 게 아니었어라고 생각하던 찰나, 부서질 듯 문이 열리는 소리와 함께 계단을 다다다다 뛰어오르는 소리가 들려왔다. 내가 방문을 열었을 땐 이미 맞은편 방문이 쾅! 하고 닫힌 뒤였다.

"뭐야… 강준희? 야! 강준희!!!"

문은 잠겨 있었다. 굳게도 잠긴 문 너머로 참을 수 없는 감정을 어쩌지 못하는 거친 호흡 소리와 함께 이내 격분의 비명이 들려왔다. 마치 짐승의 포효와도 같은. 준희의 분노는 집을 통째로 흔들 만큼 거대하게 울려 퍼졌고 서슬 퍼런 공포가 내 등짝을 매섭게 할퀴며 덮쳐왔다.

"야!! 문 좀 열어봐. 왜 그러는데??"

준희는 울었다. 아주 큰 소리로 오열하고 있었다. 분명 주저앉아 어깨를 들썩이고 주먹으로 바닥을 내리쳐가며 울고 있을 것이다. 굳이 눈으로 확인하지 않아도 방문 너머로 통곡의 강이 흐르는 것이 보였다.

"대체 무슨 일인데 그래??"

주먹이 빨갛게 오르도록 잠긴 문만 애꿎게 두드리고 있는데 훈이가 다급하게 현관문을 열고 들어섰다.

"준희 괜찮아?"

이 날씨에 앞머리가 다 젖을 정도로 땀을 흘린 것으로 보아 피자가게에서 집까지 쉬지 않고 뛰어온 듯했다.

"아 몰라. 미친놈처럼 울고불고 난리 났어. 대체 무슨 일이냐?"

"안젤라 윤이 죽었대."

"뭐???"

"조금 전에 뉴스 속보 떴어. 모스크바에서 폭탄 테러가 있었대."

모스크바는 안젤라 윤 유럽 투어 콘서트의 마지막 도시였다. 물론 타깃은 안젤라 윤이 아니었다. 그녀의 콘서트를 보러 왔던 러시아의 유력 인사가 테러범들의 타깃이었고 무대 바닥에 설치되어 있었던 폭탄은 본 공연이 다 끝나고 다섯 번째 커튼콜을 할 즈음에 터졌다고 했다. 안젤라 윤을 포함한 사망자 수는 총 87명. 부상자들 280여 명 가운데 목숨이 위태로운 중상자들이 다수 포함되어 있어 아마도 최종 사망자 수는 100명이 넘어갈 것 같다며 뉴스 앵커는 침울한 표정으로 전하고 있었다. 원래대로라면 커튼콜은 세 곡 정도에서 끝났어야 했다. 하지만 유럽 투어의 마지막 도시이기도 했고, 그날따라 유독 관객들의 반응이 좋았기에 안젤라 윤은 예정에도 없던 곡들을 계속해서 연주해 나갔다. 그녀가 선사하는 일종의 선물 같은 무대였다. 매너가 좋은 관객들은 그녀의 커튼콜이 모두 끝날 때까지 자리를 지켰고, 무대와 가까운 자리에 있던 VIP 관객들부터 빠르게 죽어 나갔다. 아이러니하게도 테러범들의 타깃이었던 그 유력 인사는 본 공연의 마지막 연주가 끝나자마자 자리를 벗어나 화를 면할 수 있었다고. 한마디로 애꿎은 사람들만 또 희생된 셈이다. 이 모든 일은 그녀가 한국행 비행기를 타기 열두 시간 전에 일어난 일이었다.

준희의 세상이 사라졌다. 예고도 없이. 그의 꿈이자 남은

생의 전부였던 것이 흔적도 없이 그냥 사라졌다. 한 시간째 준희의 울음이 멈추질 않는다. 훈이와 나는 굳게 잠긴 준희의 방문 앞에 나란히 앉아 녀석의 절규를 고스란히 듣고 있어야만 했다. 그저 남 일이라고만 생각했었던 유럽의 테러 피해를 이토록 가까이에서 느끼게 될 줄이야.

"너 이러고 있어도 되냐? 가게에서 찾을 텐데."

나지막이 훈이에게 물었다.

"괜찮아. 사장님한테 말하고 왔어."

훈이의 목소리는 많이 잠겨 있었다. 준희가 울음을 쏟아내는 만큼 훈이의 기력도 같이 빠져나가는 듯 보였다.

"뭐라도 먹을래?"

"됐어. 준희 나오면 같이 먹지 뭐."

"쟤가 오늘 안에 나올까? 오늘 안에 멈출 눈물이 아닌 것 같은데…"

"…나쁜 새끼들. 테러는 왜 하고 지랄이야. 씨발."

훈이는 그로부터 두 시간을 더 기다리다가 집으로 돌아갔다. 준희의 울음소리는 그쳤지만 방문은 좀처럼 열리지 않았다. 마음을 추스를 시간이 필요할 거라고. 준희가 나오면 연락을 줄 테니 오늘은 그만 돌아가라고. 그렇게 나는 훈이를 떠밀듯 집으로 돌려보냈다. 그때 훈이의 얼굴엔 어딘지 모를 불안감이 그늘처럼 드리웠는데 나는 그걸 무시했었다. 그냥 그러고 싶었다. 혈육보다 진한 우정이 만들어낸 공연한 기우일 거라고 치부해 버리고 싶었다.

가게 문을 닫고 밤늦게 돌아오신 부모님께도 따로 별말은 하지 않았다. 인생이 늘 꽃 피는 봄날처럼 화창했던 아들이 방문을 걸어 잠그고 통곡의 강을 헤엄치고 있다는 사실을 알려 굳이 걱정을 끼쳐드리고 싶진 않았기에. 저러는 것도 길어 봐야 하루겠지 싶었기에.

하지만 준희의 침묵은 예상보다 길어지고 있었다. 꼬박 하루가 지나가고 그로부터 반나절이 더 지나가도록 좀처럼 그의 방문은 열리질 않고 있었다. 헤라 누나와의 밤마실도 뒤로 하고 지켜보았지만 준희는 방 밖으로 단 한 발짝도 모습을 보이지 않았었다.

"열쇠 없냐?"

피자가게 대신 우리 집으로 출근한 훈이가 물었다.

"글쎄… 어딘가에 있을지도?"

"따고 들어가자."

나도 조금씩 불안해지긴 했지만 훈이는 나보다 더 심한 것 같았다. 밤새 잠도 한숨 못 자고 온 듯 눈동자 부위가 붉게 충혈되어 있었다. 그 초조함을 옆에서 보고 있자니 덩달아 마음에 동요가 일기 시작했다.

나는 열쇠가 있을 만한 곳을 뒤져보았다. 현관 신발장, 부엌 서랍장, 거실 장식장, 안방 장롱까지. 어디에도 열쇠가 없었다. 어떻게 집에 열쇠가 없지? 잠길 만한 문이 이렇게나 많은 집구석에.

"그냥 부수고 들어가자. 문은 고치면 되잖아."

훈이가 말했다. 설마 강준희가 무슨 일이라도 저질렀으려고. 강준경도 아니고 강준흰데. 그냥 정신이 반쯤 나간 얼굴로 침대든 바닥이든 어디든 누워 있을 테지, 눈물 콧물 마른 자국이 뺨 위로 하얗게 딱지 앉아있는 정도겠지라고 생각하며 나는 훈이와 함께 문을 부수기 시작했다. 발로 쾅쾅 차고 몸을 던져 힘껏 밀면서.

그리고 마침내 우린 준희를 만날 수 있었다. 콘서트에 입고 가려고 사두었던 명품 슈트를 근사하게 입은 모습으로, 지붕을 받치고 있는 대들보에 옷을 엮어 만든 올가미를 걸어 가녀린 모가지를 댕강 끼워 넣고 매달려 있는 준희를. 눈앞이 뿌옇게 흐려졌다. 아득해져 가는 정신 줄 끄트머리에서 어제의

노래가 다시금 울려 퍼지고 있었다.

'못된 못된 나를 잊어주기를… 제발 제발 눈물로 앓지 말기를.'

작은 동네에 사이렌이 울려 퍼졌다. 전쟁이라도 난 양 집집마다 사람들이 쏟아져 나왔다. 흰 천으로 덮여 들것에 실려 나가는 어린 장남의 차가운 손을 부여잡고 엄마는 오열했다. 아버지는 아직도 사태 파악이 안 되신 듯 보였다. 나처럼 준희도 다시 살아날 테지 하는 얼굴로 소처럼 큰 눈을 꿈뻑이기만 하셨다. 아버지 아니에요. 준희는 죽었어요. 저처럼 다시 살아나지 못해요. 준희는 정말 죽었거든요. 나는 차마 하지 못했던 그 방법을 저 독한 자식은 기어이 써먹고야 말았거든요. 그러니까 희망을 버리고 엄마처럼 울어요 차라리. 아버지 지금 얼굴 너무 불쌍해서 도저히 못 쳐다보겠단 말이에요.

이미 죽은 지 하루가 지났다는 의사의 대답이 돌아왔다. 그 말인즉슨, 준희는 한 시간여의 통곡을 끝내고 곧바로 일을 치렀다는 뜻이 된다. 나와 훈이가 준희의 방문 앞에 앉아 문이 열리기를 망연히 기다리는 동안 준희는 옷을 갈아입고, 올가미를 만들어 대들보에 걸고, 그 안에 목을 밀어 넣었다.

마음을 추스를 시간을 주는 거라고, 우리 딴엔 배려랍시고 기다리는 동안에 저 녀석은 기어이 제 사랑을 따라 떠나버린 것이었다. 침대 머리맡에 붙어 있던 안젤라 윤의 포스터에 '나는 갈 곳을 잃었어'라는 짧은 유서 한 줄만을 남겨둔 채로.

사람이 죽고 사는 일에 대한 개념이 올곧게 박히지 않았던 어린 시절을 제외하고 처음 겪어보는 장례식에서 나는 상주가 되어야 했다. 검은 상복을 입고 왼팔에는 완장을 차고 얼굴도 모르는 문상객들과 인사를 주고받으며 맞절을 하고. 그러는 동안 나는 생각했다. 왜 준희는 한 번에 끝내버린 일을 나는 해내지 못했던 걸까. 그토록 죽고 싶어 했으면서. 자살하는 것만이 인생의 진리라고 여겼으면서 왜 저토록 모질지 못했던 걸까. 어쩌면 나는 죽고 싶지 않았던 건 아닐까? 누군가의 관심과 보호를 받으며 옹골지게 살고 싶었던 건 아닐까? 사실은 그랬던 게 아닐까…

엄마는 결국 두 번째 밤을 넘기지 못하고 응급실로 실려 가셨다. 준희는 나와 훈이와 아버지와 피자가게 사장님의 배웅을 받으며 불 속으로 들어갔다. 아버지는 여전히 실감을 못하는 얼굴로 떠나가는 자식을 말없이 보고 계셨고 훈이는 엄마 잃은 아이처럼 울었다. 내 서늘한 가슴엔 고요했던 어느 봄날의 기억이 끊임없이 재생되고 있었다. 그때 너는 운명처럼 튀어나와 날 살려냈는데 나는 왜 너를 살리지 못했을까. 왜 네가 아무런 방해도 없이 죽어갈 수 있도록 시간을 벌어주고 있었던 걸까. 왜 나는 너도 스스로 목숨줄 끊고 떠날 수 있는 사람이었음을 까마득히 간과하고 있었던 걸까. 왜 너는 당연히 나보다 오래 살 거라고 생각했던 걸까. 왜 나는⋯ 왜 나는⋯ 너를 이토록 모르고 있었던 걸까.

준희는 대전에 있는 작은 추모 공원에 안치되었다. 유골 진열장 안은 생전에 녀석이 모았던 안젤라 윤의 앨범들로 채워졌다. 그토록 가고자 했던 그녀가 있는 세상으로 결국 갔구나 넌. 우릴 다 버리고서.

준희가 안치되던 시간, 뉴욕에서는 안젤라 윤의 장례식이 치러졌다. 끝내 대한민국 땅은 한 번도 밟지 않고 떠나버린 검은 머리 외국인의 장례식엔 대한민국에서 보낸 커다란 화환이 세워졌고, 전 세계는 애도를 표했다. 마치 세상에 안젤라 윤 말고 다른 피아니스트는 존재하지 않는 것처럼 그녀는 추앙받고 있었다. 아쉬운 나이에 요절해버린 예술가들에게 흔히 쏟아지는 과대하고도 후한 평가였다. 그리고 음반사에 선 졸지에 그녀의 마지막 공연이 된 유럽 투어 콘서트 실황

앨범을 유작으로 발매한다는 계획을 발표하면서 '카네기홀에서 태어난 천재 소녀, 음악 안에 잠들다'라는 문구로 엄청난 홍보를 시작하고 있었다. 'Pray for Moscow'라는 슬로건 역시 빼놓지 않았다. 죽음마저 돈벌이로 이용되는 인생이란 과연 어떤 인생이었을까.

집으로 돌아오는 길. 우리 모두는 말이 없었다. 눈물을 흘리는 사람도 없었다. 차창에 머리를 기대고 꾸벅꾸벅 졸고 있는 훈이를 보며 나는 슬픔도 지칠 수 있다는 걸 알았다. 만약 준희에게 하루의 시간이 더 있었더라면, 준희의 슬픔도 지칠 수 있지 않았을까? 준희가 그저 울고만 있도록 내버려두지 않았더라면? 처음부터 문을 부수고 들어가 준희의 슬픔에 간섭하고 훼방을 놓더라면? 그럼 죽지 않았을지도. 그럼 죽지 않았을지도. 그럼 죽지 않았을지도.

만약에라는 미련한 꼬리는 탁진교를 지나, 헤라 누나와의 사랑이 앉아있는 돌계단도 지나, 사람이 죽어나간 대문까지 억세게 따라붙었다. 아버지는 엄마가 있는 병원으로 가시고, 적막의 끝을 달리고 있는 이 집 안에 나 홀로 내딛는 걸음. 그렇게나 생경할 수가 없다. 가스를 마신 나를 업고 탁진교를 달렸던 준희가 한동안 탁진교를 걸을 때마다 받았던 기분이 이런 거였을까? 이 집안에서의 모든 역사가 다시 쓰여지고 있었다.

곧 무너질 것처럼 불안한 소리를 내는 계단을 올라 주인을 잃은 방문을 열어본다. 준희가 차지하기 전엔 연우 삼촌의 방이었던 그곳. 두 번이나 주인을 잃었음에도 그 방은 여전히 봄이다. 계절을 타지 않는 방. 늘 꽃이 피고 향기가 나고 포근한 바람이 불었던. 사랑에 빠져 어쩔 줄 모르는 싱그러운 주인이 살던 곳. 고개를 돌리는 곳마다 안젤라 윤의 사진이 붙어 있고, 책장 한가득 그녀의 기사들을 모아놓은 스크랩북과 클래식 음악에 관련된 책들로 채워진 그 틈에서 나는 준희의 숨소리를 듣는다. 나쁜자식. 그래서 행복하니?

어째서 연우 삼촌도 준희도 꿈을 목전에 두고 이렇게 절명해 버리는 걸까. 그러고 보면 무서울 정도로 닮은 두 사람이다. 똑똑하고 바르고 잘생기고 어디 하나 모난 구석이 없었던. 이루고자 하는 꿈을 향해 돌진하는 놀라운 추진력까지. 그저 단 하나의 꿈을 이루기 위해 열심히 한길만을 꾸역꾸역 걸었을 뿐인데 왜들 이렇게 죽어버리는 거야. 슬퍼서 미치겠잖아.

"거기서 뭐 하고 있냐?"

어느새 오신 아버지는 차마 방 안으론 발을 들이지 못하고 문지방 너머에 애처롭게 서 계셨다.

"그냥요. 엄마는요?"

"내일 퇴원하기로 했다…"

아버지의 숨 끝은 어느 때보다도 길었다.

"…준경아."

"네?"

"…넌 죽지 마라."

아버지는 덤덤했다. 고저가 없는 그 목소리에 나는 숨이 턱 막혀왔다.

"우리가 널 사랑해 온 시간들을 헛되이 만들지 않았으면 좋겠구나."

눈물은 순식간에 차올랐다. 아버지의 말이 끝나기가 무섭게 나는 소나기 같은 눈물을 후두둑후두둑 쏟아내며 고개를 떨구었다. 마음에 초속 81미터의 강력한 태풍이 휘몰아치고 있었다. 내가 그동안 무슨 짓을 하고 있었던 걸까. 매일 밤 내 방으로 오셔서 나의 숨소리를 확인하고 가시는 그 걸음이 얼마나 큰 고통이고 쓰라림이셨을까. 이미 오래전에 했어야 할 말을 이제서야 꺼낸다. 북받쳐 오르는 감정을 고스란히 담아서.

"죄송해요. 죄송해요 아버지. 제가 잘못했어요. 죄송해요. 죄송해요, 정말."

나는 무너져 내렸다. 준희의 장례식을 치르는 동안에도 단 한 번 터지지 않았던 눈물은 기다렸다는 듯 봇물처럼 터져 나왔다. 어린 아들이 죽어 나간 방안으로 차마 발을 들이기가 힘드셨던 아버지는 결국 또 다른 어린 아들을 안아주기 위해 그 문지방을 힘겹게 넘으셨다. 승화원을 나와 한 줌의 재로 변한 아들을 품에 안으셨을 때까지도 실감하지 못하셨던 아버지는 그제야 두 눈에 눈물이 그렁그렁 고이신다. 우린 서로의 어깨가 강이 되도록 눈물을 흘렸다. 열심히 살게요. 최선을 다해서 살게요. 살다가 한 번씩 살기 싫은 순간이 찾아온대도 끝까지 살아내 볼게요. 모질게 견뎌내 볼게요.

그렇게 나는 열아홉 살이 되었다. 헤라 누나와는 이별 아닌 이별을 했다.

"벽초를 떠날까 해. 이 집에서 엄마랑 살 부대끼고 살아봤자 맨날 싸우고 스트레스나 받지 서로 좋을 게 없는 것 같아서 내가 떠나려고."

"어디로?"

"동대문에서 친구가 옷 장사를 하는데 사람을 구한대. 그래서 내가 간다고 그랬어. 거기서 일 배우면서 앞으로의 진로에 대해 생각해 보려고. 나도 언제까지 불쌍한 과부로만 살 수는 없잖아. 네 말대로 나 아직 어린데."

"언제 떠나는데?"

"내일."

"그렇게나 빨리?"

"하루라도 빨리 떠나고 싶어서… 너 많이 힘들 텐데 그냥 두고 떠나서 마음이 불편하다…"

"난 괜찮아. 누나는 누나 일에만 집중해."

"미안해."

"미안해할 거 없다니까. 내가 누나의 인생을 책임져줄 수 없듯이 누나도 내 인생을 어떻게 해주지 못해. 그러니까 미안해할 것도 고마워할 것도 없어. 나는 열아홉 살의 인생을 살 테니까 누나는 스물여섯 살의 인생을 살아. 그리고 또 기회가 온다면. 누나가 말했던 스무 살 이후의 인생에서 찾아오는 몇 번의 기회. 그중에 하나가 우리 사이에 다시 찾아와 준다면 그때는 좀 더 좋은 데서 만나자. 구질구질한 구멍가게 골방 같은 데 말고."

"…너 제법 어른이 된 것 같다."

그리고 짧은 키스 몇 번. 이것이 우리의 마지막이었다.

누나가 서울로 떠나는 날, 나는 준희 방을 정리했다. 옷과 신발과 책과 가구들까지. 만약에라는 미련한 꼬리를 잘라내는 심정으로 준희의 모든 것을 정리했다. 그리고 벽에서 뜯어낸 안젤라 윤의 포스터와 기사 스크랩북, 사진들을 준희 교복과 함께 태워주기 위해 대문을 나섰을 때, 그곳엔 훈이가 있었다.

"너 여기서 뭐 하냐?"

얼마나 서성였는지 대문 앞 흙길이 반들반들하게 닦여 있었다.

"그냥 와봤어."

"왔으면 들어오지?"

"그냥… 뭐 준희도 없는데… 그건 다 뭐냐?"

"같이 태워줄려고."

"안젤라 윤 유작 앨범 나왔다던데, 그거 사서 준희 보러 같이 안 갈래?"

"너랑 왜."

"좀 같이 가주면 안 되냐??"

훈이는 가슴팍에 화살이 꽂힌 사람처럼 욱!하고 질렸다.

"난 이제 준희도 없는데!! 난 이제 학교 같이 갈 친구도 없고! 연기 동영상 찍어줄 친구도 없고! 영어 숙제 도와줄 친구도 없고! 옛날 얘기할 친구도 없고! 놀러 갈 친구 집도 없고! 피자 배달도 혼자 해야 되는데!!!!"

훈이는 울음을 터트렸다. 서러움으로 들썩이는 어깨는 바람이 세차게 몰아붙이는 겨울 파도 같았다.

"아 알았어. 갈게. 그니까 울지 마."

나는 멀찍이 선 채로 손만 뻗어 넘실대는 훈이의 어깨를 토닥토닥 두드렸다. 할 수 있는 게 그거밖엔 없었다. 그렇다고 대뜸 안아주자니 그건 우리 사이에 너무 낯간지러운 일이 아닐 수 없었기에.

"근데 정말… 준희가 너무 보고 싶어. 매일매일. 넌 안 그래?"

훈이는 코를 잔뜩 먹은 목소리로 어린아이처럼 말했다. 니트 사이에서 셔츠 소매를 끄집어내 젖은 눈가를 연신 훔쳐내며.

"…나도 그래…"

다시, 봄

再, 春

나는
곤잘

죽고 싶어졌었다.

입춘. 다시, 봄이다.

"잘 있었냐? 나쁜 새끼."

준희의 유골함 앞에서 훈이는 대뜸 욕부터 날렸다. 나는 말없이 안젤라 윤의 유작 앨범을 진열함 안에 넣어주었다.

"천국에서 실컷 들어라. 부디 그곳에선 안젤라를 만났길 빈다."

"잘 있어라. 나쁜 새끼."

훈이는 끝까지 욕이었다. 그래, 그렇게라도 그리움을 풀 수 있다면 얼마든지.

여전히 칼바람은 내 턱을 베며 지나갔지만, 어딘가에선 새순이 돋아나고 있는 듯 코끝에 앉는 공기가 어제와는 사뭇

다르게 느껴졌다.

"봄은 봄인가 보다. 바람은 얼었는데 공기는 살아 있어."

"한동안 책 열심히 읽더니 표현이 참 시적이다?"

"이런 시가 어딨냐?"

"좀 좋은 소리를 해주면 그런가 보다 하고 받아주면 안 되냐? 꼭 그렇게 사사건건 태클을 걸어야겠어?"

우린 정류장 벤치에 앉아 버스를 기다리는 동안에도 어김없이 투덕거렸다. 그 짧은 새를 못 참고서.

"우린 왜 이렇게 안 맞을까?"

나는 진심으로 그게 궁금해졌다. 준희랑은 죽고 못 사는 사이로 살았으면서 왜 나랑은 보기만 하면 으르렁대는 사이로 커버렸는지.

"12년, 아니 이제 13년째네. 그 세월을 맨날 이렇게 살았으니 그렇지. 습관이야 습관."

"13년이라··· 이제 겨우 18년 살았는데 그중 13년을 우리가 같이 보냈단 말이야?"

"그래 인마! 지겹지?"

"···대단하네. 인생의 3분의 2를 함께 보냈다는 게. 보내놓고도 이렇게까지 안 맞을 수 있다는 게."

"…우리가 준희 없이도 잘 지낼 수 있을까?… 그랬으면 좋겠는데."

훈이의 말끝에서 서글픔이 물씬 풍겨왔다. 나도 잘 지내보고 싶다, 너랑.이라고 말하려다 날개뼈에서 닭살이 돋아나는 것 같아 집어치우고 얼른 다른 얘길 꺼냈다.

"너 그 여자애랑은 말 좀 해봤냐?"

"누구?"

"연기학원에 그 예쁘다는 애."

"아, 하율리? 걔 서울로 전학 갔어. 엄청 큰 기획사 들어갔대. 배우들 많은 회사로."

"와, 진짜 이쁜 애였나 보다?"

"그렇다니까. 내 말 뭐 들었냐?"

"나중에 걔 TV에 나오면 알려줘. 어떻게 생긴 앤지 궁금하다."

"넌 요즘 뭐 하고 지내냐?"

"난 이제 관찰 일기 좀 써 보려고."

"뭔 일기??"

"있어. 작년에 준희가 나한테 부탁했던 거. 다른 사람들이 어떻게 사는지 관찰하면서 내 인생은 이 정도도 충분해, 살

만한 가치가 있어!라고 느끼게 해주는 뭐 그런 거 있어. 우울
증 치료에 도움이 되고 어쩌구 하면서 제발 써달라고 부탁했
던 거. 피자가게 나가서 하루 종일 박스 접고 있는 게 너무 짜
증 나서 그거 쓰겠다고 약속하고 안 나가게 된 건데, 여태까
지 한 줄도 안 썼거든. 이제 살아 보기로 했으니 열심히 한번
써보려고."

"누굴 관찰하려고? 상대는 정했고?"

"음, 일단은 나. 나의 지나온 인생을 좀 돌아본 다음에…
다음에… 너?"

"…나?"

"관찰하다 보면 이해하게 되지 않겠냐? 이해하다 보면 친
해질 테고."

훈이는 만감이 교차하는 눈빛으로 날 보다 이내 고개를 돌
렸다. 입술이 파르르 떨리는 것이 또 눈물이 터지려는 모양이
다. 하아… 저 울보를 어쩐담.

"우리 아침마다 우기 삼거리에서 만나서 같이 학교 가는 거
지? 나 이제 아무 때고 너네 집 놀러 가도 되는 거지?"

훈이는 목구멍을 꾹 눌러 내린 목소리로 말했다.

"그러시든가!"

"…흐윽."

기어이 터지고 만다. 나는 조용히 가방에서 휴지를 꺼내 내밀었다. 눈물이 잦은 혜라 누나 때문에 한두 장 챙겼던 습관은 이렇게 또 쓸모를 찾는다.

멀리서 버스 한 대가 오는 것이 보인다. 우릴 집으로 데려다줄 버스. 우릴 열아홉의 인생으로 데려다줄 버스. 그 버스가 도착하기를 기다리며 나는 머릿속으로 관찰 일기의 첫 문장을 써본다.

나는 곧잘 죽고 싶어졌었다.

작가의
말

나의 그 시절은 지극히 예민했고 양극성 기분 장애로 널뛰고 있었다. 소설 속 준경이처럼. 사실 지금 와서 생각해 보면 정말 별거 아닌 일인데, 가만히 두면 알아서 지나갈 일인데, 마치 그것이 인생의 전부처럼 느껴져서 숱하게 괴로워했던 그때의 순간들과 결과적으로 인생의 많은 부분을 바꿔놓았던 그때의 무수한 선택들.

지금 이 순간 제일 중요하다고 생각되는 일이 당장 내일에도 제일 중요한 일은 아닐 수 있다는 것을, 살면서 제일 중요한 일은 얼마든지 새롭게 생길 수 있다는 것을, 그러니 그게 무엇이든 너무 목숨까지 걸어가며 연연해하지 않아도 된다는 것을 미처 알지 못했던 그 질풍노도의 시기들.

소년기는 그때가 아니면 꿈꾸지 못하고, 그때가 아니면 깨닫지 못하는, 그때의 아이들, 그때의 나와 그때의 친구들이 남긴 기록이다.

이 소설을 쓰는 동안 개인적으로 많은 이별을 했다. 그래서

이 소설은 내게 한 줄 한 줄이 고통이고 슬픔이다. 과연 내가 마침표를 찍을 수는 있을까 싶을 정도로 불안하고 더디게만 흘러갔다. 그리 긴 이야기가 아니었음에도, 도무지 이야기가 진행이 안 돼 중간에 그만두기를 수차례. 펜을 내려놓고 엎드려 울었던 수많은 밤들을 지나 결국 끝을 만났다는 사실이 나는 여전히 믿기지가 않는다. 나의 소년기가 그렇게 흘러갔듯이. 그 눈물들이 어떤 씨를 뱉고, 얼마나 견고한 뿌리를 내리게 될지, 지금부터는 또 다른 모험의 시작이라고 생각한다.

유년기와 소년기가 지나갔다고 해서 인간의 성장이 끝나는 것이 아니듯. 우린 소년기를 지나고도 또 다른 이름으로 계속해서 성장을 해나갈 것이고 깨달음을 얻어갈 것이다. 아마도 죽는 그 순간까지.

그러니 부디, 이 소설이 여러분에게도 하나의 인생이자 새로운 모험을 열어주는 이야기가 되길 바라본다.

이 소설을 끝으로, 내가 떠나보낸 나의 오랜 사랑이자 오랜 뮤즈였던 그에게 감사의 마음을 전하며…

행복했어. 널 사랑했던 2361일. 그 모든 순간들.

2017 봄 여름 가을 겨울. 안채윤.

2024년의 작가의 말

2017년의 안채윤만큼 솔직할 수가 없기에 2017년 작가의 말을 그대로 가져옵니다.

한 가지 덧붙이자면, 2017년의 제가 무엇 때문에 그리도 힘들어 밤마다 펜을 내려놓고 엎드려 울었었는지 2024년의 저는 하나도 기억나지 않아요. 우습게도 인생은 그런 것 같아요. 미래엔 기억나지도 않을 일들을 붙잡고 현재를 부단히도 괴롭히죠. 현재를 괴롭히는 무언가가 있다면, 1년 후의 나라면 이걸 어떻게 할까?라고 생각해봐요. 아님 반대로, 내가 지난 달에는 뭐 땜에 힘들었지? 생각해봐요. 그럼 모든 일이 거짓말처럼 쉬워집니다. 지난 달에 힘들었던 일이 아마 하나도 생각 안 날 거예요. 지금 날 힘들게 하는 일도 1년 후엔 하나 기억도 안 남을 일이 되겠구나, 결국 다 지나가겠구나 깨닫게 되거든요.

저는 그렇게 하루, 한 달, 일 년을 버티고 넘겨서 오늘날에 이르렀어요.

2017년을 견디고 2024년까지 오신 여러분. 그동안 고생 많으셨습니다. 우리 모두 터널의 끝에서 빛을 만나 새로운 세상으로 나아가요. 결국엔 좋은 기억만 남게 될 거니까요. 감사합니다.

2024 여름. 안채윤.

장편소설 《서촌의 기억》
장편소설 《소년기》
장편소설 《흑해》

안
채
윤

나는 너야